Valdisnei Um Dois Três Quatro da Silva

Nick Farewell

Valdisnei Um Dois Três Quatro da Silva

DEVIR

Copyright © 2017 by Nick Farewell. Todos os direitos reservados.
Copyright da arte da capa © 2017 by Rodrigo Moraes.

ISBN: 978-85-7532-678-7
DEV333131
1ª edição Outubro, 2017

Coordenador Editorial
Paulo Roberto Silva Jr.

Assistentes Editoriais
Maria Luzia Kemen Candalaft e Sâmela Hidalgo

Revisores
Almiro Dottori Filho e Marquito Maia

Capa
Rodrigo Moraes

Diagramação
Marcelo Salomão

```
        Dados Internacionais de Catalogação na Publicação (CIP)
                  (Câmara Brasileira do Livro, SP, Brasil)

        Farewell, Nick
           Valdisnei Um Dois Três Quatro da Silva / Nick
        Farewell. -- São Paulo : Devir, 2017.

           ISBN: 978-85-7532-678-7

           1. Ficção brasileira I. Título.

17-08764                                          CDD-869.3
                  Índices para catálogo sistemático:

        1. Ficção : Literatura brasileira 869.3
```

Todos os direitos reservados e protegidos pela Lei 9610 de 19/02/1998.
É proibida a reprodução total ou parcial, por quaisquer meios existentes ou que
venham a ser criados no futuro, sem autorização prévia, por escrito, da editora.

Todos os direitos desta edição reservados à

DEVIR

Rua Teodureto Souto, 624 - Cambuci
Cep 01539-000 - São Paulo - SP - Brasil
Telefone (55) 11 2127 8787
Site: www.devir.com.br

ATENDIMENTO
Assessoria de Imprensa: Maria Luzia Kemen Candalaft – luzia@devir.com.br
Eventos: eventos@devir.com.br
SAC: sac@devir.com.br

"Lute contra a morte da luz."
Dylan Thomas

Para todos os meus professores que me ensinaram o que é uma vida de verdade. Em especial, aos professores Ciro Braga e Almiro Dottori Filho, que me ensinaram a pensar para que eu fosse um homem livre.

Dedico também a todos os alunos que ocuparam as escolas em São Paulo no ano de 2015.

MORTE E VIDA SEVERINA

Era uma vez era uma vez. Era uma vez, porque aqui nunca mudava nada. Era uma repetição sem fim, sem sentido, sem nexo e sem precisão de que a história sempre ia ser mais ou menos, nem boa, nem ruim, muitas vezes nem sequer uma história, assim, assim, meia-boca, sem graça, ironicamente mais de uma vez.

Mas é um conto. Conto de terror e não conto de fadas. Tudo começa por volta das cinco da manhã quando uma horda que se assemelha a zumbis apocalípticos caminha em direção ao ponto de ônibus. A diferença é que os verdadeiros zumbis correm para comer os cérebros, mas estes têm seus cérebros devorados lentamente, insuspeitadamente, pelos seres chamados de patrão. Mas este livro não é panfletagem política, muito menos discussão sociológica, e os nossos heróis não têm a menor ideia do que essas coisas sejam. Portanto, voltemos a atenção à tragicomédia que completa voltas e voltas assim como os itinerários dos ônibus que se completam na dona de casa que entrega coisas, recebe coisas, faz compras e volta para a cozinha, de ida e volta e vai e vem do quarto, sala, banheiro e quintal, remói as árvores genealógicas do Welisvelton, Jusenildo, Aristides, Cleverson, Etelvina, Marinalva, até culminar em Severino e Severina, que sem distinção de sexo e idade, nas suas idas e vindas, reproduz sempre o nome composto entre vida e morte.

O CORTIÇO

Este livro dentro de um monte de outros livros que propõem narrar uma aventura muito louca, para a frustração de leitores iniciados e mais ou menos iniciados e que deveriam ser iniciados, não tem vampiros românticos, estudantes de escolas de magia fofos, nem matança desmedida e ultra-violenta copiado de mangás, que faz adolescente de todas as idades gritar "Uhulll". Pior, também não tem garotada chopchura inteligentinha desbocada que do nada solta umas frases de efeito para você soltar interjeições ou levar às súbitas lágrimas em epifania transcendental (se você não entendeu o que isso quer dizer, pode pular este capítulo. Não vai fazer muita diferença. Mas, se não entender também o próximo, convém voltar no ano que vem. Sim, você está sendo reprovado por um livro. Tsc, tsc). Tolinho, eles querem que vocês se sintam inteligentes e evoluídos sentimentalmente. Mas não é nada disso. Você está sendo manipulado pelas pessoas (dito escritores que se consideram mais inteligentes que você). Bom, neste livro não tem nada disso. No lugar, tem uma nauseante, patética e tragicômica história de molecada de periferia que quer ir para um baile à fantasia. "Mas que bosta", você poderia dizer. Calma lá. Já aviso que essa molecada tem muito mais em comum com você do que vampiros "And I..." (música de Whitney Houston), magiquinhos "olhinhunus piscanuns", muito mais do que filhinhos de papai de moradores de Olimpo e pré-adolescentes fodidos com problemas ou doenças incuráveis que parecem dotados de superinteligência, sarcasmo e sensíveis o suficiente para comover você. Duvida? Faz um teste. Pega o seu livrinho dito infantojuvenil e separa a frase do seu personagem *cool* que mudou a sua vida. Agora limpa a garganta. "Huhum." Leia agora com uma voz mais grave e lentamente, se não sabe como fazer, tente imitar Darth Vader. Agora leia. Não conseguiu terminar? A frase parece idiota? É cômico? Antes não era a frase da sua vida? Mas por que ficou engraçado? Isso se chama desonestidade intelectual. Ah, mas assim não vai sobrar ninguém? Sobra sim. Ele se chama Mark Twain. Mas também já vou dizendo para não confiar em mim. O trato narrativo é o seguinte. Você vai até onde achar que é legal. Se ficar chato, mala e um pé no saco, você desiste. Diz para os seus amigos que é um livro de merda. Mas, se você aguentar, se realmente essas linhas, palavras e frases fizerem algum sentido para você, diga para os seus amigos lerem. Feito? Feito. Entenda essa introdução à literatura que eu mesmo defini, também como as ruas e as vielas em que eu pretendo introduzir você (introduzir sem malícia).

Eu estava tateando as ruas para entrar pelas vielas que serpenteiam de um lado para outro, que muitas vezes começam sem nenhum aviso, mal conseguindo serem vistas do lado de fora, e saem milagrosamente para o outro lado. Os nossos heróis, príncipes e princesas moram aqui. Exceto uma. Essa mora em uma das ruas acima, e da laje, com uma visão privilegiada de formigueiro humano, começou a observar a casa dos amigos, casa, casa, não é, um negócio pau a pique, feito de blocos irregulares e massas endurecidas como se fossem gosmas escorridas. Talvez inspirada pelas estrelas acima, de brincadeira traçou as linhas ligando os pontos das casas dos seus amigos. "Nossa, parece uma estrela." Mas logo ruborizou porque tinha esquecido a casa da Isabella (o nome bonito será em breve explicado). "Mas mesmo assim forma uma estrela. De Davi." Ficou orgulhosa do seu conhecimento acima da média, digamos, dos seus amigos. Metáfora à parte, chamar os nossos heróis de estrelas seria uma baita de uma ironia. Ou não. Seria uma de verdade. Bonito, poético, da constelação dos que brilham anonimamente aqui, ali, em todo lugar, tornando essa existência dos esquecidos e desafortunados tragicamente bela. "Ah!", Tomoko bateu na sua testa. Tinha se esquecido de si mesma. "São sete." E sete não formavam estrela nenhuma.

VIDAS SECAS

Se os pais fugiram da seca, os filhos tentam fugir do *bullying*. Porque a necessidade é sempre imediata, e o mundo, enquanto cão, morde, rasga e estraçalha. Se antes era vira-lata, agora é pit bull. Os professores desinteressados na sala de aula, alunos que passam de ano em ano sem aprender nada, na saída da escola os pais disputam lugares com traficantes e os alunos que antes brigavam no parque atrás da escola, agora partem para a pancadaria geral na frente da escola sem nenhuma cerimônia. Os professores saem em disparada com os seus carros populares, com medo do cumprimento de ameaça de morte. Enfim, a seca continua. A pergunta muito simples que surge na cabeça dos alunos, e pior, nos professores, é: "Por que devo ir para a escola?" Como se pode construir um país, uma cidade, um bairro, uma família, se não conseguimos responder a uma pergunta tão básica quanto essa? Ok, aqui o básico é outro. O básico aqui é se conseguimos encaixar todos os alimentos, misturas e miúdos no salário mínimo, mas isso é para um outro capítulo. Mas, afinal, o que os nossos heróis querem? Nem eles sabem. Talvez um pouco de dinheiro. Não, muito dinheiro. Aquela felicidade de sorriso de boca escancarada que se vê na TV, carrão, mulheres e bebidas em quantidade coma-alcóolico para os meninos e romances açucarados, vestidos, sapatos, joias e o mundo cor-de-rosa da casa da Barbie que as meninas que moram nesse bairro nunca vão conseguir comprar nem na infância, nem na adolescência e muito menos para as suas filhas. Estou exagerando? Não faz parte da sua realidade? Ah, você não vive, mora e estuda numa escola dessas? Dizem que hoje tem excursão dos meninos do colégio não diferenciados da cidade, para saber como as pessoas da periferia vivem. Na certa, a garotada vai reclamar do calor, ficar maravilhada com o modo de vida "rudimentar" dos desafortunados e terão pena dos moradores, que será logo esquecida quando adentrarem em casa de Barbie, que é a sua casa de verdade ou para os que têm menos saco, logo que entrar no ônibus com ar-condicionado. Duro? Estou sendo duro? Dura é a vida dos nossos heróis. Porque aqui não chovem produtos importados, guloseimas entre as refeições, curso de idiomas e idas a McDonald's e Burger King. Só inunda de miséria, desinformação, má-educação, que algum dia irão se encontrar cara a cara, separados pelo balcão nos pedidos entre número 1 e número 3. Tá bom, fugi do tema um pouco e confesso: Exagerei. Vamos voltar à saída da escola.

- Rolha de poço! - É tempo de seca também nas relações pessoais (acho que estou sendo poético demais): Big Mac! (juro que não tem a ver com o que eu estava narrando. Essa é a fala do personagem) Baleia! (Essa é só para os fortes).

Clara se vira com lágrimas nos olhos. Ah, sim, chove nos olhos. É o único lugar que não tem seca. Chove aqui, ali, chove sempre, todos os dias. Escondido ou a olhos vistos, chove. Chove tanto que eu deveria retirar o que disse das secas.

A MORATÓRIA

Ela sonha. Na verdade, ela dorme. Ela sempre dorme. No trabalho, e não na cama. Com dois empregos e supletivo à noite, o maior sonho da vida dela é sonhar. Quer dizer, ter sonhos. Porque pescando e dormindo de olhos abertos não consegue ter nem tempo para sonhar. Triste? Ora, a história da a Bela Adormecida também é triste. Na festa de batismo, por causa de um descuido do rei e do gênio ruim de uma fada velha, Bela Adormecida é sentenciada à morte. Ela é salva pela última fada, que, em vez da morte, atenua a mágica da fada cri-cri, fazendo a princesa dormir quando se fere na roca, até que um príncipe encantado a beije e a acorde do sono. Sabemos que isso acontece cem anos depois. E o que acontece cem anos depois? O seu reino entra em declínio e, mesmo quando ela acorda, os seus pais estão mortos. Mas bobinho. Essa ainda é história boa. A história que data do século XVII envolve até estupro. Mas essa vou deixar você pesquisar. A Internet taí. Manda ver. Voltemos. A nossa Bela Adormecida chama-se Brasileia. A mãe dela gostava de azaleia e era a primeira descendente nascida no Brasil, porque ela tinha vindo da Bolívia. Estou brincando. Eu não sei a origem do nome. Se eu procurasse a origem de todos os nomes das pessoas que moram no bairro onde acontece a história, o livro teria no mínimo o tamanho de um dicionário Houaiss. Por que ela trabalha tanto? Porque a mãe dela está quase cega, ela nunca conheceu o pai e precisa levar comida para casa. A Brasileia basicamente tem três pensamentos: 1. Quantos dias faltam para o pagamento?; 2. A sua mãe que tateia a casa no escuro da sala; 3. Será que um dia isso vai mudar? Tudo isso intercalado com um desejo louco de sair correndo e nunca mais voltar. Depois do pensamento 1, depois do pensamento 2, depois do 3, depois de 1 e 2 juntos, 1 e 3, 2 e 3, e depois, tudo de uma vez. Indo e voltando, quando não está pescando. Sem saída. De manhã de pé atendendo os clientes da confecção de moda para "jovens senhoras" (eufemismo para quarentona), à tardinha organizando arquivos sem-fim e chatos pra cacete do escritório de advocacia e à noite tentando terminar a maldita 8ª série para poder ganhar um aumento de R$ 50,00, prometidos pelo patrão, Brasileia imagina que, quando está acordada, na verdade está dormindo. Talvez uma sonâmbula. Já automatizou a sua rotina e, pior de tudo, se conformou que só faz, só pode e só serve para fazer isso na vida. Essas horas eu juro que quero gritar para a Brasileia. Acorda! Acorda, porra! Você pode mais do que isso, acorda! São anos e anos de opressão, mentira e jogo de poder para manter você sedada, desmaiada, babando e eternamente dormindo. Mas o quê? Como? Como também não tenho resposta, fico envergonhado. Mas, também se acordasse, depois de cem anos de sono, o que ela faria? Faria do sonambulismo um protesto por vinte centavos? E milhões que enriqueceram o cofre da desigualdade e outros bilhões de sonhos roubados de uma infância perdida por falta de oportunidade? Enquanto ela dorme, outros fecham os olhos. Eu quero pegar a seca do capítulo anterior e fazer verter os meus olhos. Mas essa história é do país de Valdisnei, em que todos só sonham. Mesmo quando não está dormindo.

Acorda, Brasileia!

MACUNAÍMA

Antônio é mais conhecido como Monstro. Por causa do seu tamanho, em todos os sentidos. Orgulha-se em ter sangue índio e seus traços exóticos. Depois que os músculos e outras coisas começaram a ficar em pé, o seu passatempo favorito era brincar com as meninas. Uma brincadeira que se faz em pé, deitado, agachado e, de tanto brincar, já era pai de duas crianças. Uma com a Sabrina, também uma das nossas heroínas, uma das pontas da estrela que não formava estrela, que também gostava de brincar, que na sua memória começou com um oba-oba de uma amiga que dizia que com 14 anos já tinha que brincar. Engravidada de desinformação e da sua vocação de Amélia, mas sobretudo sem desmerecer a devoção fervorosa do amor, muito mais do que de hormônios, agarrou o filho com força, mas só com uma das mãos, porque com a outra tinha que segurar a caneta para fazer as lições de casa. Mas esse é um capítulo sobre Antônio, quer dizer, Monstro, então voltemos a ele. O Monstro, agora com 16 anos, perdeu a conta de com quantas garotas já brincou. "MC Catra é fichinha." Costumava se gabar, mas não esconde a gratidão ao funk. "Sou outro homem depois do funk." Outro homem? Deixa pra lá. Mas a melhor frase ainda é: "Atitudes não definem um homem. A musculação sim." Mas, preguiçoso, partiu para pílulas mágicas, mais conhecidas como anabolizantes, que vão transformar o índio formoso em índio garanhão, índio forte-apache, índio mega-master-blaster-cacique, índio boy magia, sei lá. Diz à boca miúda que vai ser pai pela terceira vez, obviamente de garotas diferentes, perpetuando a boa índole, e ser herói viril da nossa gente brasileira. O moreno jambo e gostosão já passou o rodo na turma desde Sabrina, Clara, até Isabella (será no bom sentido ou no mau?), que já ficou com Wandeleyson, que ficou com Matana (errei, é com "th"), que ficou com Eliara (é mulher, Mathana é bi. Mathana, cacete), que ficou com Hamilston, que ficou com Irodilde, sendo que Mathana (ufa), Eliara e Irodilde já passaram na mão do Monstro. O engraçado não é a ciranda da pegação, e sim os nomes que parecem ter sido escolhidos a dedo, que são tão exóticos quanto os nomes indígenas dos antepassados do Monstro. E o amor? Você poderia me perguntar. Sim, os brutos também amam. A pedra verde-azulada que brilha no pescoço do Monstro é uma prova disso. Uma verdadeira princesa que ele conheceu nas suas férias de farofeiro no litoral norte paulista, porque pouca roupa e coração bom desconhecem a classe social, lhe deu de presente dizendo que era o muiraquitã dele. Nunca entendeu. Tampouco entendeu quando disse a Daisy que não ia assumir o filho, e ela, em um misto de rosnar, grunhido e ódio puro pronunciou: "Moonstroooo!" Era o seu nome, mas o verdadeiro sentido ele nunca entendeu.

COMÉDIA DA VIDA PRIVADA

Agora temos sete personagens no tabuleiro. Alguns com contornos mais nítidos, outros mais difusos, uns só de nome, outros com histórico, a primeira linha do nosso grande xadrez da vida está se formando. Mas só tem sete, alguém diria. Para formar a fileira dos peões precisamos de oito. Verdade. Por isso eu colocaria no meio uma presença chamada Deus. Longe de blasfêmia, não no sentido de equidade, mas, sim, no sentido de benevolência. Essa tragicomédia só pode existir, se perpetuar e se redimir graças à presença divina. Então temos a linha de frente formada por amiguinhos que moram na cidade da periferia de São Paulo chamada Itaquaquecetuba. A cidade preferida para sacanear os fanhos e brincadeira de trava-línguas é o campo de partida da jornada. O itinerário vamos ouvir logo mais da boca do presidente do clube de diversões da E.E.P.S.G. Secundino Segundo, o grande Valdisnei. Mas se Deus é por nós, quem será contra nós? Ah, um monte. Mãe, Pai, celular, tênis de última moda que não pode comprar, a tentação do tráfico, o professor que pega no seu pé, o valentão que enche o saco, a garota mais bonita da escola que nunca vai te dar bola, a madrasta sanguessuga, o padrasto alcoólatra, a falta de perspectiva de vida, a falta de cultura, a falta de educação, a falta de perspectiva de vida, a falta de perspectiva de vida. Wandeleyson, Eliara, Mathana (agora aprendi), Hamilston, Irodilde (esse nome pronunciado por um fanho deve ser ainda mais engraçado), Valdisnei. É um tomo completo de comédia da vida privada. Ah, você ainda não entendeu o que é Valdisnei? Preste atenção nessa equação (rimou). Valdisnei = Walt Disney.

O pai do herói fofo, na infância era fã de desenho animado.
Vou esperar você parar de rir.

Pronto. Irodilde (para de rir, é sério), que é também amiga
de todos, só não entrou para a turma porque era fofoqueira
demais. Mathana acho que levou a sério o nome dela. Tem
um olhar de assassina que todos evitam. "Matano quem?" É a
piada mais frequente. Mas só quando a conhece ninguém tem
coragem de repetir de novo. Não é que Clara, Sabrina e Isabella também não queiram fofocar, tricotar, trocar figurinhas,
falar de seus astros de TV e de cinema, ouvir axé, funk, ser-
tanejo, dançar e rebolar com os respectivos gêneros musicais.
O fato é que elas não têm tempo. Mas agora vou contar um
grande segredo. Mesmo assim, elas são.... felizes. É. Aí é que
reside o título de "Comédia da Vida Privada". Mesmo com
tudo e muitas vezes todos contra, elas conseguem ser felizes.
Se bem que esteja mais para feliz, infeliz, feliz, infeliz, mas as
nossas heroínas são realmente heroínas. Talvez a imagem dos
peões do início do capítulo seja realmente apropriada, sendo
que os peões durante o jogo de xadrez são frequentemente
entregues ao sacrifício. É isso o que as nossas heroínas fazem.
Sacrificar-se. Pela sua vida, pela vida dos amigos, pela vida dos
outros, pela vida de todos. Mas o mais triste de tudo isso é que
é um sacrifício sem consciência. Explico. É um sacrifício sem
análise, sacrifício sem saída (de novo), sacrifício sem reflexão.
É como se elas nunca tivessem se olhado no espelho. Não sabem o que acontece, como acontece, nem por que acontece.
É como se conhecessem apenas uma saída, que é entregar-se
sem escrutínio, sem resistência, sem conhecimento de causa,
nem efeito. Aceitar. Como um destino que o 8º elemento ma-
nipula ou fecha os seus olhos para que toda essa comédia da
vida privada aconteça. É como um riso bobo, riso nervoso e
riso conformado. É uma comédia do riso incompreendido e
incompreensível. Um riso passivo e não ativo. Sem dono, sem

sujeito e sem consciência. O problema de vocês não é a pobreza. Muito menos falta de comida, mas falta de cultura e educação para sair dessa pobreza. Porém, essa é a fala do professor Secundino Terceiro do capítulo a seguir. Sigamos.

O TRISTE FIM DE POLICARPO QUARESMA

"O problema de vocês não é a pobreza. Muito menos a falta de comida, mas a falta de cultura e educação para sair dessa pobreza." As palavras do Secundino reverberaram pela sala. Um aluno se levanta. Boquiaberto, parece caminhar em direção ao Secundino, mas sai pela porta da sala. "Aonde você vai?", perguntou o professor. "Oxi, agora tem que avisar quando vai no banheiro?" Saiu levantando a mão direita num gesto brusco substituindo o palavrão. "Eu estava dizendo que se continuar assim..." Tchum, tcha, tcha, tchum, tcha.

– O que é isso???

– Desculpa, profi, achei chato paca e resolvi animar com um pouco de funk. Gostou? A galera gostou.

Êeeeeeee. A aprovação é geral. O professor Secundino respira fundo. O seu avô que dá nome à escola onde ele leciona agora tinha sido a sua escolha consciente, depois de abandonar o escritório de arquitetura. Fez pedagogia e licenciatura em História para poder lecionar. Um misto de idealismo, humanismo, altruísmo e outros ismos fizeram com que esse homem entrasse em catarse e decidisse a sua vida em sacrifício ao magistério. Sempre estava à beira de perder sua mulher, respeito dos sogros já tinha perdido havia muito tempo e até a simpatia e a cumplicidade dos pais eram abaladas, de tempo em tempo, quando o Secundino pedia dinheiro emprestado. "Para mudar as suas vidas e a deste país, vocês precisam estudar. Se aplicar. Somente formando cidadãos conscientes e esclarecidos é que podemos mudar a realidade do Brasil." "Aí, mano!" Um apelo que quase beirava o suplício e quase o levava às lágrimas foi subitamente interrompido.

– Aí, mano, tava de butuca até agora, mas acho que cê precisa ouvir a real. Que porra é essa de estudar? Estudar o quê? Cê acha que alguém vem aqui porque gosta de vir? Ficar ouvindo a mesma lenga-lenga de sempre? Levanta a mão quem gosta de vir. Tá vendo, mano? Ninguém quer vir. Só vem porque pai, mãe manda. Isso aqui não dá futuro não, mano. Se liga na letra. Tá vendo meu pisante? Custa mais do que seu salário, tá ligado? - Todos riem. -E tem mais, meu pai comprou outro terreno em São Miguel pra fazer estacionamento. Vai faturar mais ainda. Dinheiro, bufunfa, coisa que você, professorzinho, nunca vai entender. Vai ficar nessa lenga-lenga a vida toda e vai morrer pobre. Pobre? Pobre é você que tá perdido numa escola de merda que nem essa. É você que tem de aprender que o que vale é dinheiro. Mónei. Saca? Pra que estudar, se não dá dinheiro? Tu tá me chamando de loque? Tá louco? Sai fora, mano. Mané!

Todos aplaudem, o mano de verdade cumprimenta a garotada ao redor. Sem palavras, chocado e catatônico, Secundino Terceiro, numa quarta-feira, saiu da sala de aula e nunca mais voltou.

NOITES NA TAVERNA

Ah, a pobreza da alma. A realidade é mais terrível do que qualquer filme de terror, né? Eu resolvi contar esta história do Valdisnei para garotos acima de 13 anos para que fiquem com a pulga atrás da orelha. Pulga atrás da orelha? É. O que eu quero é que você fique incomodado. Se você achou que o garoto tá certo, é hora de fechar o livro. Mas se acha que tem algo de errado na fala do garoto, convém continuar. Eu não quero te dar resposta nenhuma. Mesmo porque eu acho que não sou tão bom assim para saber das respostas e muito menos para dizer com as palavras que você possa entender. Por isso, o que eu quero é deixar você com a pulga atrás da orelha. Para incomodar, para você ir atrás, para você descobrir por você mesmo o que tem de errado, por que as coisas são como são e por que não são, por exemplo, como o professor Secundino gostaria que fossem. A verdade é que você também quer, mas não sabe. Se sabe, também não sabe o que fazer. Este livro é um livro de perguntas e não de respostas. Então simbora acumular mais perguntas para você ficar com muitas pulgas atrás da orelha. Sabe a vida de cão? Mas essa é uma vida boa de cão. Com muitas pulgas e muitas dúvidas. Acumule dúvidas até estourar. Talvez assim alguma mudança venha. Que mudança? Bom garoto, já começou a fazer perguntas. Agora que descortinamos um pouco "o manto diáfano da fantasia", vamos descer um pouco mais a fundo. A primeira coisa que preciso esclarecer é que você precisa usar a sua imaginação. Se aceitou garotos com varinha de condão morrendo e ressuscitando e vampiros que brilham no sol, você também pode essa. O que é real e o que é fantasia? O que faz você se identificar com os personagens e os fatos, embora isso seja absolutamente diferente da realidade? Será que pode existir? É uma metáfora? O que vou contar não aconteceu em Itaquaquecetuba, mas aconteceu. *Capiche?* Então, vamos nessa. Isso aqui é Brazilian Horror Show. Se segura. O tênis que vale o salário do professor, de onde será que veio? O pezinho de ouro seria o que nos morros do Rio chamam de Avião ou Vapor. O que é isso? São moleques que buscam ou distribuem as drogas na boca. A tentação é grande. Qualquer lugar tem *playboyzada*. Mesmo nas quebradas, mesmo nos lugares onde Judas perdeu as botas, as meias e as cuecas, mesmo nos lugares onde as pessoas não moram, mas se escondem. A TV bombardeia com seu *way of life,* modelo de sucesso pré-fabricado e a gran-filosofia do ter é ser. Lá na quebrada todos acreditam. No dinheiro, óbvio. Até na Igreja acreditam. Pagando o dízimo parcelado no cartão, o reino de Deus é prosperidade, é repleto e farto de bens materiais. Para um menor, a noção do bem e do mal, contravenção ou casa de correção, é tudo fantasia, tão distante quanto conto de fadas, até que se transforme em realidade. O dono da boca diz: "Relaxa, muleque. Não vai dar em nada. Se pegar, sai em três meses. Até menos." Então o moleque acredita, porque o tênis no pé e o relógio no pulso é mais urgente. Quer ver azulzinhas e onças e ser rei das mulheradas. No mês, já está com o salário do professor no pé e bebendo *black* de gente grande. Tudo isso com 15, não 14 anos. Tem também de 12 por aí. Enfim, eles querem ter. Eles querem pertencer. E, por incrível que pareça a ironia, eles querem ser como o que lá de cima da cadeia social dizem que é legal, *cool* e sinônimo de sucesso. Outra ironia: eles vendem coisas para as pessoas fugirem do modelo de sucesso e com esse dinheiro compram coisas do modelo de sucesso. Eu juro que às vezes não entendo absolutamente nada desse negócio. Não faz o menor sentido. Mas não sou hipócrita.

As drogas não são só para fugas, elas dão prazer. Se não, não haveria tantos viciados. Vejamos as duas pontas interessantes. As pessoas que usam acabam acreditando na realidade virtual do mundo das drogas e seus prazeres ilusórios. E os que lucram com essa venda (no caso, os nossos aviõezinhos) também vivem na realidade virtual, onde acreditam que os objetos comprados os fazem pertencer a um mundo que não é real. Ia falar de Weber, mas sou da ZL também, e esse mundo acadêmico às vezes é tão virtual quanto o que estamos falando. Ô círculo vicioso este (sem trocadilho)! É um avião que fica taxiando na pista sem parar e nunca decola. A molecada morre tentando comprar o seu tênis e o relógio, e não se iluda, aqui a moral do pobre honesto não chega. Tem família que empurra o moleque para o tráfico para ter o que comer. Eu também não duvido dos heróis trágicos que entram para o corre para alimentar a sua família. Será que a educação e a cultura são só para os bem-intencionados? Os pré-salvos e bonzinhos? Os livros são só para os escolhidos e iniciados no bom mocismo? A garotinha que é devolvida morta na caixa de papelão. A mulher adúltera que amanhece morta com um dos seios dentro da boca. Uma família inteira chacinada e enterrada no terreno baldio, alguns ainda vivos. Infelizmente eu não contei ficção nenhuma. Pesado para uma história para os adolescentes lerem? Pesado é a falta de oportunidade, pesado é o total descaso, abandono e falta de humanidade. Humanidade? Sim, humanidade. Isso não é uma questão política ou social. É um olhar para o próximo. Os artistas ou os escritores contariam essas histórias na taverna entre suspenses moderados e cheias de boas intenções de salvação altruísta. Belas e boas histórias. Enquanto as crianças protagonizam as verdadeiras histórias de terror. Sem saída? Sem final feliz? O que podemos fazer? No fim, somos todos contadores de histórias? Enquanto todos os dias aviões de tamanhos e proporções transcontinentais caem, ficamos agitando bandeiras sem ter a menor ideia de para que lado estamos guiando? Bobagem. Também estou fantasiando. Mas infelizmente todos os personagens são reais, neste conto de fadas para lá de macabro.

LIBERTINAGEM

As três amigas, Clara, Brasileia e Sabrina eram amigas inseparáveis. Depois veio a Tomoko que fazia papel de mãe das três. Isabella quase nunca vinha brincar, porque tinha vergonha da sua própria sombra. Mas isso é uma outra história. As três brincavam de boneca até uns dois anos atrás, mas agora brincavam de bebê de verdade. A Clara tinha um, mas pior para a Sabrina, que já tinha dois, justificando o seu nome do livro *50 tons de cinza*, do tempo da sua vó, de um jeito ruim. Detalhe sinistro? Ela desconfiava que estava grávida do terceiro, mas isso nem na imaginação de leitores de livros vai fazer bem. Deixemos, pois o choque das histórias de Noites da Taverna de zonas nebulosas da cidade de São Paulo do capítulo anterior já é algo para se digerir por anos.

Sabrina teve o primeiro quando tinha 13 (13? 13!) e outro quando fez 16. Quem criava as crianças eram sua mãe e sua vó que, respectivamente, se tornaram avó e bisavó com 33 e 54 anos. E se tornarão bisavó e trisavó, de novo respectivamente, aos 47 e 67 anos. Ê, vida que evolui. É tecnologia, não é feitiçaria. Nem fantasia. São os benefícios da longevidade humana. É brincadeira sem graça. *Sorry*. É a miséria humana e a desinformação se perpetuando através de décadas e séculos. No mundo literário ou no conhecimento oral, as histórias passaram de mão em mão ou de boca em boca, mas, nesse caso, o que se transmitiu foi de ventre em ventre, de sexo em sexo, a continuidade da miséria. O mesmo axé que a mãe (na verdade madrasta) da Sabrina dançou, "o de cima sobe e o de baixo desce" sobre as classes sociais, de vez em quando a própria Sabrina dança achando graça, rindo do tempo do duplo sentido e ingênuo, em contraposição ao explícito e ginecológico de agora nos tempos de baile funk. Porém, sem entender o real sentido das letras, ri mais um pouco achando que se trata de algum tipo de conotação para ereção masculina, o que também não deixa de ser verdade nesse eterno ciclo de danação e opressão de classes, a história do poder, de trocadilho de letras de "p" por "f", talvez a sutil diferença de sentido das letras que também continua se perpetuando entre um filho e outro, como ato e consequência, atenuando a obcenidade e a imoralidade. Afinal, a conta a pagar sempre será do filho do filho do filho do filho. Assim todos rebolam na alegria e na tristeza. E todos gozam. O de cima ri e o de baixo procria. E a Tomoko era a única virgem da turma com 16 anos.

ALGUMA POESIA

A ciranda já foi citada, mas é necessário reduzir um pouco a roda, agora que todos os personagens principais, secundários, secundários na vida, que são os principais na nossa história, foram apresentados. João que amava Tereza que amava Raimundo que amava Maria. Será que alguém amava alguém na nossa história? Na certa, estava realmente mais para Quadrilha. Aquela enquadrada em lei, de fato o Monstro seria em alguns anos, mas o relato não vai até lá, então ficaremos com a imagem feliz e sorridente do seu aparelho de suporte emborrachado e colorido do fim da história. Pois bem. Valdisnei que pegou Clara que pegou Monstro que pegou Sabrina, que pegou muito bêbada, Brasileia e Tomoko, que não pegava ninguém. Ah, e a Isabella, que mal existia, que o Monstro pegou por pena (agora sim, a Isabella, você já deve saber, é só bela no nome). Mas onde fica o coraçãozinho? Onde fica o famoso amor? Como seria a educação sentimental no tempo de funk? Eu tenho uma teoria. A da fisiologia. Bateu, pegou. Aliado à baixa escolaridade, pouca reflexão, pouca consciência de si mesmo, misturado com alienação, e *voilà*, temos o caldeirão de comportamento sexual que (de) pega geral. Mas se o amor também é sexualmente transmissível, o que se faz quando se apaixona? Namora, casa (quando engravida) ou sofre. Mas não nos enganemos. Reducionismos à parte, o amor é amor de qualquer maneira, em qualquer situação, de qualquer jeito. É assim que o mundo se move, traz a poesia ao ordinário e ilumina as trevas da existência. Mas haja paixão. A inconsciência leva a algumas soluções. De memória relâmpago de fazer inveja a Dory, amiguinha do Nemo, que não tem memória, a de amor não correspondido, ou só correspondido sexualmente, é preciso se conformar e esquecer. Dizem que no começo é difícil. Mas com tantos giros da ciranda, a coisa fica até automática. Só resta controlar o segundo caso em que a paixão toma conta do ser já descontrolado pela miséria, acaba em descontrole na vida real. É cena de ciúme, brigas em público, e o desesperador crime passional. Ah, a eterna tragédia humana. Quando poderemos viver realmente com dignidade? Se o de cima não ajuda, o de baixo só se ferra? Nem tanto. Como poderíamos virar essa ciranda social ao contrário? E se essas páginas fossem espelhos, o que você faria? Me dê um pouco de conhecimento que mostrarei um mundo novo. Ai de mim que sou idealista e sonhador. Tenho todos os defeitos do mundo, principalmente o de ter mais perguntas do que as respostas. Mas na poesia universal do amor os nossos versos não deveriam ser assim?

João amava Teresa que amava Raimundo que amava Maria que amava Joaquim que amava Lili.

João foi para os Estados Unidos com todo seu amor; Teresa para o convento por amar a todos; Raimundo morreu de desastre de tanto amar; Maria ficou para tia por amar a todos em segredo; Joaquim suicidou-se porque não se aguentou de tanto amar e Lili casou com J. Pinto Fernandes, que não tinha entrado na história, mas que já amava todos sem nunca ter conhecido ninguém.

Sou um poeta amador, a vida sempre cruel e violenta, e ainda não sei evitar as tragédias. Mas o amor permanece. E gira a ciranda e perpetua, pelo bem ou pelo mal, a continuidade da vida.

A HISTÓRIA ECONÔMICA DO BRASIL

Eu não entendo de política. Não me interesso por política, assim como você, que talvez no fundo nem deva saber do que se trata. Hesitei muito antes de escrever este capítulo, mas acredito que tem vital importância para o relato dos nossos heróis que sofrem direta e indiretamente, o tempo todo, a ação dessa força misteriosa que rege a vida de todos. Primeiro, o porquê do meu interesse desinteressado em política. Sou humanista. Explico. Eu acredito que os sentimentos humanos estejam acima dos interesses de domínio e disputas de poder. Mas, uma vez que a dita política interfere na liberdade e bem-estar das pessoas, é necessário compreender, por pouco que seja, esse mecanismo visível/invisível, para que não sejamos personagens da vida real, ou melhor, marionetes da vida real, como são os nossos amiguinhos do pior mundo de fantasia que é o faz de conta da realidade. Como não sou especialista e nem entendo direito o que vou falar, vou contar o que lembro da minha memória. O que eu quero é que você pesquise sobre o que vou falar. Até para você descobrir incorreções, e mais: é muito importante e vital para o nosso encontro mais adiante. Sim, um dia nós vamos nos encontrar. Até o fim do livro, você vai entender quem eu sou e o que sou de você. Até lá, é necessário você acompanhar atentamente as minhas histórias. Combinado? Vamos lá então.

O que é a direita e o que é a esquerda que tantos falam? Esse termo surgiu na época da Revolução Francesa, quando muitas cabeças rolaram (não é perder a cabeça, mas sim, literalmente. Muitas pessoas foram mortas por causa da ideologia. Na verdade, isso acontece até hoje, mas muitas pessoas nem notam que é a sua própria cabeça que rola ou é esvaziada). Do lado direito do rei, sentavam as pessoas que compartilhavam os ideais de quem estava no poder, ou seja, da situação. Logo, quem sentava à esquerda eram os de oposição, os que queriam mudar o sistema vigente. Depois de uma outra revolução, que mudou a maneira de ver o mundo, a Revolução Russa, esse quadro de ideias se modificou novamente. Entra em jogo o sistema econômico também. O capitalismo é uma sociedade regida pelo uso de moedas e sistemas de trabalho remunerado. O que permite acumulação de riquezas e consequentemente desníveis e desigualdades sociais. O socialismo queria um modo de vida mais igualitário. Todos trabalham para o bem de todos, e tudo é repartido. A utopia da igualdade social. Mas isso não é um livro de História e, sim, de histórias. Essa parte você vai ter que pesquisar sozinho. O mundo foi caminhando desde então, e a ideia de esquerda e direita mudou ligeiramente. Entendemos como de direita os partidos com pensamentos conservadores, e esquerda, partidos de cunho socialista e comunista. Ou seja, o partido de esquerda pode estar no poder. Como o Brasil é agora no ano de 2014. Por falar em revolução, outro dia pensei: como não entendedor de política, se eu participaria de uma. A minha resposta foi sim. Se um homem não pode viver com dignidade pela opressão, manipulação e ganância de uma minoria, eu iria e faria o que fosse preciso para mudar essa história. Liberdade. O direito de viver. Essa é a minha política. Quem sabe, talvez possa ser a nossa.

A HORA E VEZ DE AUGUSTO MATRAGA

"Batman? Super-Homem? The Flash? Pato Donald? Cha-polim? O que eu podia ser?", Valdisnei queima os poucos neurônios que tem. Tico e Teco podiam ser um dos persona-gens que ele poderia usar, mas isso não passa pela sua cabeça. Por que no Brasil é tão difícil olhar para si mesmo? De repente, um neurônio conversa com o outro, vai pre-guiçosamente até o ponto da outra sinapse e pergunta: "O que eu queria falar mesmo?". Então, volta de novo, no ca-minho dá uma parada no axônio, faz um lanche, toma um cafezinho no corpo celular, gasta umas fichas de fliperama em dendrito e pega a condução de volta para a ponta que partiu (Ponta que partiu, não pense em palavrão, mesmo que a gente tenha rido) a pergunta, igualzinho à sua vida de *of-fice-boy* e proclama: "Por que não vou com meus amigos?!?!" Gênio. Por que não ir para a festa com os amigos na festa do ano em Ferraz de Vasconcelos? O *flyer* agredia os seus olhos de pura alegria com suas cores fosforescentes. Antes de pros-seguir, tenho de dizer que, se você riu na parte da "festa do ano em Ferraz de Vasconcelos", tem preconceito achar que uma festa não pode ser boa só porque acontece em Ferraz de Vasconcelos. Se existe Teoria de Relatividade para as festas, eu aplicaria aqui (acho que também vale para a vida). Não é lugar e quantidade gasta que determina se a festa vai ser boa. Se bem que R$20,00 de entrada é um valor exorbitante para os nossos heróis de Itaquaquecetuba (não é pejorativa essa frase também. Acho que é a sua cabeça), a diversão é determinada multiplicando a animação, companhia, estado de ânimo e grau alcóolico, sendo essa última variável responsável por 99%. Brincadeira. O fato é que assim o espaço se expande, e o tempo parece durar uma eternidade, o que para quem está se divertindo passa num piscar de olhos. $E=mc^2$. Entusiasmo= Mulé x Catuaba[2]. Que viagem. "Aí, você tá viajando de novo?" É o filho do patrão que fala para Valdisnei, o fantasiado de *office-boy* desde os 14 anos.

– O quê?

– Que porra de papel é esse que você não para de olhar?

– O rico, riquinho, "ricuzinho" (ou variação de "ricuzão" como o pessoal da "firma" fala) retira o *flyer* da mão do Valdisnei. - Hahahaha. "Festa do ano em Ferraz de Vasconscelos!". Hahahaha "Venha fantasiado de seu personagem favorito." Hahahaha. Não! Não! Não!!!! Não é possível! É na Rua Walt Disney! Que faz travessa com rua Mikey com a rua Minie! Nem sabem escrever os nomes direito. Pelamordedeus. É muita pobreza. Mano, na boa. Você já é um personagem. Hahaha. Feio, burro e mal pago. Vai de burro do Shrek. É perfeito. No fim, vai pegar só dragão mesmo. Hahahaha.

O que o ricuzinho sem imaginação e desprovido de verdadeiro espírito de sarcasmo e ironia não sabia é que, com essa comparação frouxa, estava comprando briga com todos da firma. Menos com ricuzão, claro.

– Só não vai de monstro. Se você tirar a máscara, aí é que todos vão se assustar. Valdisnei quer diversão! Ei, ei, ei, Valdisnei é o nosso rei!

Que imbecil. Até eu tenho vontade de dar um soco nesse mané. Mas o nosso herói aguenta firme.

– Xucrão, você que gosta de animerda, vai de *cocosplay*. Nem assim vai ter dinheiro para a fantasia. Que pena. Seu pobrão! Idiota! Mané!

Mas dizem num ditado popular lá do oriente do país do anime e do mangá que até quando se pisa em minhoca ela estremece. Num acesso de raiva inédito, Valdisnei arranca o *flyer* da mão do ricuzinho.

– Aí, ricuzinho! (ricuzinho é realmente engraçado) Eu não tenho o menor interesse em ser rico. Não sonho com carros importados, nem sair com patricinhas de merda, muito menos ter mansão, barcos, iates. Não nasci para ter essas preocupações de merda. Tô cagando e andando pra essas fantasias de merda. Ando de busão, provavelmente vou ficar feliz pra caralho se puder comprar minha CG150 e um Fiat Uno. E provavelmente vou ficar nesse emprego de merda por muito tempo. Até o fim. Mas não tô nem aí. Isso não é pra mim. Nunca vou ser ricuzinho como você. Graças a Deus. Sabe por quê? Porque não tô nem aí. Não tô nem aí pras suas merdas, seu dinheiro de merda e sua vida de merda. Não me interessa. Vou ser pobrão para sempre. Mas quer saber? Foda-se. E espera me mandar em alguma coisa, quando você for um cuzão maior. Vou fingir que escuto e vou te mandar à merda mesmo que pareça que estou te obedecendo. Cuzão. Eu não sonho com essa sua vida de merda. Quando você for patrão, você me manda de novo. E eu vou mandar você tomar no meio do seu cu. Enquanto isso, não enche o meu saco, seu merda. Seu bosta. Eu não me meto na sua vida, então não se mete na minha. Fica com seu sonhozinho de merda. Mas só me enche quando você mesmo estiver pagando meu salário. Vou te obedecer com sorriso nos olhos, que estarão mandando você se foder no olho do seu cu. Depois você manda. E, por enquanto enfia essa sua vida de merda no seu cu e vá se foder!

Provavelmente, se este livro fosse classificado no quesito luta de classes, estratificação ou crítica social, seria considerado o pior livro sobre o assunto. E talvez esse raciocínio esquisito do Valdisnei será o mais coerente e inteligente que ele jamais disse em toda sua vida. O fato é que o ricuzinho se calou. O pessoal em volta se sentiu mais amargurado do que vingado.

Sabiam, na verdade, que eram eles todos fodidos. E coitados, o mundo, a vida, tinham dado essa opção exdrúxula, esse pensamento todo fodido a Valdisnei, que causava mais pena do que qualquer outro sentimento de indulgência, expurgo ou redenção. Quando o ricuzinho se retirou, um senhor bateu nas costas do Valdisnei e disse:

– Valdisnei, a sua hora há de chegar.

Será que ele leu Guimarães Rosa? Foi uma coincidência como no romance de Graciliano? Nunca saberemos. Mas o fato é que esse ocorrido fodido deu a Valdisnei um dos maiores *insights* da sua vida. Quando atravessou o portão da firma, gritou duas frases: "É! Eu vou ser rei! Eu vou com meus amigos na festa!" Três com "É!" Mas tenho uma dúvida em uma outra frase: "Será que para todos nós chegará um dia a nossa vez?"

MEMÓRIAS PÓSTUMAS DE BRÁS CUBAS

E quem narra esta história? A consciência de um homem morto? Mas eu não disse que, se der sorte, nós vamos nos encontrar? E sou um homem de palavra. E, diferente de Brás Cubas, eu quero transmitir o legado da miséria. Não para que você seja miserável. Mas, sim, para que você seja rico (não rico como ricuzinho) de pensamento, rico de caráter, rico de dignidade e muito, mas muito milionário, bilionário em liberdade. É isso em que consiste esta narrativa. Tenho a pretensão de que esta seja a sua identidade (RG), o seu atestado de idoneidade para você gritar e carteirar na cara de todo mundo que você é humano. Que pensa e vive como humano. Que tem compaixão, que se importa com o que acontece consigo e com os outros. Com todos. É assim que pensa em menor grau, bem menor grau, quando Valdisnei convoca uma reunião extraordinária com os amigos ao voltar do trabalho.

— Eu tive uma ideia!

— Desde quando você tem ideia? – Clara debocha na ironia peso-pesado "que ela própria é."

— Veja isso! - Bate na mesa com o *flyer* da festa do ano.

— Desde quando você faz campanha política? Que santinho é esse? – Retruca Sabrina.

— E esse santinho é feio pra caralho! – Diz a Bella, que não é bela.

— Não, caralho! É de uma festa!

— Festa?!?! - Evidentemente, a fala é do Monstro, que já visualizou a orgia mega-hiper-super funk.

— É! Uma festa à fantasia!

– E por que você chamou nóis todo?

– Porque quero que todos vocês vão comigo.

– Ah, você quer que a gente assalte a festa? – Sem saber se falou sério ou fez uma piada, todos fuzilam a Clara com os olhos.

– Não. É que eu tive uma ideia.

– Fala logo! – Diz impacientemente Tomoko.

– É que só funciona se todos nós formos juntos. Nós vamos de príncipes e princesas!

Há um silêncio sepulcral. Essa realmente não dava para saber se era sério ou se tinha sido uma piada.

– Da Disney!

– Da Disney?

– É! Da Disney! Sou Valdisnei! Príncipes e princesas da Disney! É perfeito. Entendeu?!?!

– E esse endereço, é sério? Daí que você tirou a ideia? – Monstro disse, coçando a cabeça.

– Ah, eu vou de Branca de Neve! – Antecipa a Clara.

Também não dava para saber se era sério ou uma piada.

– E eu... eu... eu que sou o Monstro, posso ir de Fera!!!! E você, Bella, vai de Bela comigo!!! - Ele diz rindo com gosto.

Agora, sim, parece uma piada. Sim ou não, ou o escritor já planejou tudo isso (bobinho, acha que o cara ia escrever a esmo? Mas não se trata de enganação. Este livro é um livro com a escrita honesta. Verdadeira e sincera. Isso é sério). Ou, uma explicação melhor: a vida tem mais coincidências do que você imagina.

Mas aos poucos a ideia parece se transformar em uma histeria coletiva.

– Genial! Branca de Neve, a Bela e a Fera, e eu vou de quê??? Quero ir!!! – Grita Sabrina.

– Vamos ver. – Tomoko, pensa também entusiasmada. – Você tem dois filhos. Que nem a Cinderela. Em vez de duas meias-irmãs, tem dois filhos. Logo, você é a Cinderela!

– Éeeeeeeeee! - Sabrina bate palmas estilo foca.

– E você vai de quê, Valdisnei? - Fera, quer dizer, o Monstro pergunta.

– Vou de príncipe! – Responde orgulhoso.

– Mas que príncipe? Tem muitos príncipes na Disney! – Clara está curiosa.

– Ora, príncipes são todos iguais em todos os contos. O Valdisnei vai de príncipe genérico. – Tomoko fala com sua voz cheia de razão.

– E... a Brasileia, vai de quê?

Todos se entreolham e gritam em uníssono:

– Bela Adormecida!!!!! – Nem assim a Brasileia acorda.

– E eu... – Tomoko fica triste percebendo que não existe nenhuma princesa oriental.

– É fácil. Você vai de Mulan, sua boba! – Sabrina quase grita no ouvido da Tomoko.

– Mas... a Mulan é chinesa...

– Ah, japonesa, chinesa. É tudo igual!

Todos dão risadas.

Se eu fosse o escritor deste livro, poderia ter terminado este capítulo com a frase do Valdisnei dizendo:

– Agora, acorda a Brasileia.

Mas eu não sou escritor e, embora eu esteja no momento médium (não estou morto como Brás Cubas, mas também não estou vivo, e também não sou zumbi), isso não posso prever. As últimas palavras são de quem está escrevendo esta história. Mas me diz aí. Naquele livro de Machado, quem escreve a história? É o escritor ou é Brás Cubas? Hein?

Opa, sinto que o escritor tá voltando. Fui. É com ele agora.

É por isso que eu digo: isto não é um conto de fadas, é um conto de fatos.

VESTIDO DE NOIVA

Agora que estão decididas as respectivas fantasias, o engraçado é constatar que todos (não só os personagens, mas nós também) vestem uma fantasia na vida real e vivem uma vida de fantasia todos os dias.

As opções eram claras. Ou fabricar ou comprar ou alugar as fantasias escolhidas. Obviamente, a nossa Branca de Neve tinha que ter roupa fabricada. Monstro, do jeito que é vaidoso, queria ter a sua própria roupa confeccionada só para ele. Bella queria aproveitar a sua única oportunidade de se sentir realmente bonita. O princípe genérico ia se contentar com a sua roupa genérica alugada em uma loja. Brasileia e Sabrina também optaram por alugar. E Tomoko, após muito pensar, decidiu também fabricar o seu costume de *cocosplay*, mas não contou a ninguém. Façamos as contas. Clara, Monstro e Bella precisariam confeccionar as suas roupas. E, coincidentemente vimos nos capítulos anteriores que a Brasileia trabalhava numa confecção. Ela mesma ficou de arranjar os tecidos para as fantasias e pensou que finalmente o seu trabalho de merda serviria para alguma coisa. Obviamente, a operação toda, cálculos de como fabricar, dinheiro do aluguel, da entrada e o controle de tudo isso ficou a cargo da Tomoko, que era nossa japonesa, chinesa, também clichê da pessoa mais inteligente determinada pela raça. "Não seria melhor você alugar?" - Disse para o Monstro e para a Isabella, mas as respostas foram categóricas em dois tempos. "Então, vamos ter que fazer uma rifa." "Rifa?" Essa reação, digamos, foi mais rápida e alguns centésimos de decibéis mais alta do que a negativa dos teimosos. "Isso mesmo. Não vamos ter o dinheiro todo para fazer as roupas e as entradas." Como um banho de água fria, todos começaram a divagar e sonhar. Valdisnei, no seu sonho triunfante, se imaginou chegando na festa cavalgando no Ricuzinho. Brasileia se imaginou tomando baldes e baldes (de verdade) de café para ficar acordada e entrar com os olhos arregalados como se tivesse usado as drogas que vendem na porta de entrada da sua escola. Sabrina, no delírio delirante politicamente incorreto, fantasiou que transformava os seus filhos em belos cavalos, e a sua mãe, em coche. Brasileia, parada cem anos no quintal em suntuosa carruagem, gritou sem querer um "preciso de sapatos de cristal!", interrompendo por um momento a viagem da Clara, que tinha aos seus pés todos os moleques da festa. Aos pés, aos pés, não era bem a imagem certa, mas, sim, literalmente sentada em cima dos caras, esbanjando e esmagando todos com a opulência do seu corpo. Uns batiam no chão desesperados e olhavam com lágrimas escorrendo para o juiz de UFC que estava no canto, desistindo da luta desigual do amor. Que viagem. Ah, e o Monstro? O Monstro pensava em sanduíche de mortadela. Mas, se existe um transmimento de pensação, foi nesse momento. Todos se entreolharam e gritaram em uníssono mais alto do que "Rifa?"

"Vamos fazer a rifa!!!!!"

Depois disso, tudo virou o eco de "Rifa! Rifa!", mesmo porque toda a cota dos sonhos já tinha sido vendida e o campo do consciente, inconsciente, passado, presente e futuro tinha se fundido em um. O mundo fantasia tinha dominado tudo. Tá tudo dominado! Desculpe. A piada foi mais forte do que eu. E não critiquemos os nossos heróis. A festa pode ser a fantasia, mas a felicidade era muito, mas muito genuína.

OS SERTÕES

Valdisnei ganha o salário mínimo. Um pouco menos com descontos loucos e despesas que ele não sabe direito, ou seja, ganha uns seiscentos reais e quebrados. Clara, que é nossa "Preciosa" versão brasileira, ganha uns trocados da mãe que bate, do pai alcoólatra que a escorraça e é obrigada a fazer todo trabalho sujo, limpo, médio, enfim, todos afazeres da casa, é a que tem menos dinheiro, mas e é a que mais merece brilhar na festa. Logo, será a mais beneficiada e mais necessitada da já batizada "Operação Disneylândia". Sabrina vivia da aposentadoria da sua vó/bisavó e futura trisavó, o que mal dava para a comida do dia a dia. Monstro fazia uns bicos e gastava quase tudo em proteínas e anabolizantes. Isabella, tadinha, tinha pai que tinha queda (forte) para jogatina e mãe submissa que também, assim como a mãe do Valdisnei, apanhava de vez em quando do pai. Não ganhava trocado como Clara de vez em quando de R$ 5,00 (Rá!), muito menos bom dia e todo o seu guarda-roupa cabia na sua mochila, junto com os cadernos. Brasileia, mesmo com os dois empregos, tratamento invisível (essa é boa, forte, sacanagem) para a mãe que nunca melhorava, dobrava uns trocados no fim que nunca podia aproveitar, porque a maior diversão era passar o fim de semana dormindo. Só a Tomoko gozava de razoável conforto material e financeiro, por causa da vendinha do seu pai. Sua mãe, um pouco mais submissa do que a mãe da Isabella (bem mais) e a mãe de todas, "mãe miséria", para contrabalançar a desigualdade, dotou a Tomoko de solidão interminável, própria de quem possui condição diferenciada de inteligência, que levou à incompreensão, que, por sua vez, levou à solidão (essa constatação não é minha, mas de um outro escritor que tinha mãe brasileira, Thomas Mann).

Bom, feitas as contas, compraram duas rifas de 100 nomes, 3 de 50 e 2 de 25. As de 100 ficaram com Valdisnei e o Monstro, que conheciam mais gente e tinham mais empatia, as de 50 com Sabrina, Clara e Tomoko, que, surpreendentemente, se ofereceu para vender, e as de 25 ficaram com Clara e Isabella, que, definitivamente, não tinham ibope nenhum na escola, na quitandinha, na praça, na igreja, em casa, em lugar nenhum.

Vendendo a R$ 2,00 cada, arrecadariam R$ 800,00. Mas, espera, o que rifariam? Valdisnei teve uma brilhante ideia.

– Tem um chinês que passa na firma e traz tênis falsificado. Não fala português, mas é *brother*. Posso pegar emprestado para mostrar pro povo. É Mizuno Uévi Profecí 3! Não, é 2!

O mesmo tênis do capítulo do professor Secundino.

– Já tem 3 falsificado! Os chineses são foda. Esses aí vão longe. Né, Tomoko?

De fato, eles vieram de longe mesmo. Eu só não sei por que essa desgraça toda provoca risos. Será a vida realmente patética? Se tudo é uma piada, por que levamos as nossas tão a sério?

– Mas não vai ser caro?

– Nada. Só 100 conto. Tomoko, faz as contas aí.

– Olha, fazendo as contas por cima, acho que sobram uns cem reais ainda pra gente beber. Pra vocês beberem.

Tolinho, você achava mesmo que os nossos heróis eram inocentes e, por serem menores, não bebiam. Em que mundo você está? No mundo da fantasia? (piada fraca, mas eu gostei) Sabrina quando estava grávida, fumou escondida até os 4 meses de gestação. Deve ser por isso que os dois filhos dela têm problema com o aparelho respiratório.

Todos voltam para casa felizes. Valdisnei finalmente por ter tido uma boa ideia. Clara pela primeira vez por poder usar uma roupa de princesa. Sabrina por escapar da obrigação infernal da mãe e se divertir. Brasileia com a perspectiva de sair num fim de semana em muitos anos. Isabella por poder sentir-se bonita, nem que fosse para si mesma (o que já é uma grande vitória). Monstro obviamente por poder pegar mais novinhas. E Tomoko por poder ser útil e fazer e ver outros amigos felizes.

O dia seguinte, de fato, foi feliz para todos.

Valdisnei pegou em "consignação" o tênis com o chinês, que prometeu que acharia o par certo para quem ganhasse a rifa. Escolheu a numeração que cabia no seu pé e, sem saber direito o porquê, o calçou sorrindo. E nesse exato momento, a Sabrina calçava a sua sapatilha transparente, imaginando ser realmente a Cinderela, mas foi interrompida no seu devaneio por causa do choro do bebê. Amparou-o com as duas mãos e, como não sentia há muito tempo, ficou feliz com a sua maternidade. Sorriu também, um pouco mais que o Valdisnei. E a posição em que segurava o bebê coincidia, naquele exato momento, com a de Isabella, que segurava o seu espelho de mão, quadrado e feio. Já tinha esquecido de olhar para o seu rosto fazia muito tempo. E ela gostou do que viu. Sorriu e até emitiu um som que mais parecia uma risada e, ainda com o espelho na mão, rodopiou como se ensaiasse um passo de valsa. Foi o que Clara fez segurando o rodo enquanto limpava a cozinha. Quase escorregou no chão molhado, mas fingiu que era parte da dança. De repente, soltou as risadas mais espontâneas dos últimos tempos. Tão altas que quase a sua mãe poderia ouvir da sala. E o abraço que ela repetiu no rodo, no mesmo momento, o Monstro estava reproduzindo em mais uma novinha que ele conhecera na academia. Mas o seu pensamento estava em outro lugar. Em outras novinhas. Começou a rir monstruosamente (ok) e a novinha estranhou, mesmo porque já estava nua. "O que foi, não gostou de mim?" "Não, não é isso." A sua risada aumentou ainda mais. Não se aguentou e teve que se sentar e bater com o punho fechado na mesa de tanto rir. Foi o que Tomoko estava fazendo. Batendo na mesa, porque, depois de pesquisar todos os preços, ainda sobrava mais dinheiro. R$ 135,00! Era uma fortuna. Seus amigos iriam ficar muito, muito mais felizes. E também ficou feliz. Muito feliz. A ponto do seu pai estranhar e repreender a risada dela. "Garotas educadas não dão risadas assim." E saiu do quarto da Tomoko. Pela primeira vez, ela não se importou com a opinião do seu pai. Riu ainda mais alto e voltou aos cálculos. Talvez pudesse chegar a R$ 150,00. Seria uma glória. "Eu vou conseguir!", pensou. Após longos cálculos e imaginando como falar com as pessoas para conseguir descontos, vencida pelo cansaço, caiu no sono. Mas não antes de dar uma outra sequência de risadas tão altas que até o seu pai desistiu de repreender. "Deve ter ficado louca. Devem ser esses amigos maloqueiros dela. Preciso prender mais em casa." Quando a Tomoko caía de sono, Brasileia também tinha dormido na sua mesa. De tão feliz com os tecidos que conseguira com o fornecedor, tinha resolvido fazer uma extravagância. Desistiu da escola à noite e voltou para casa. Queria dormir. Despertou de súbito, percebendo que tinha dormido antes de tomar o café que ela mesma havia preparado. Ficou olhando para a xícara e começou a rir. Uma risada que não sabia de onde vinha, mas não conseguia evitar. Ficou rindo sem parar, apontando para a xícara, sozinha na sala. Logo, a sua risada evoluiu para uma grande gargalhada. Riu sem saber que caía no sono novamente, mas deu gargalhadas antes e durante o sono. E adormeceu antes de chegar na cama no chão do quarto.

"Você precisa ter fé." Disse Valdisnei antes de vender a sua primeira rifa. O melhor conselho que alguém poderia dar na vida, até mais do que Antônio Conselheiro (isso não é trocadilho), sugerido no título deste capítulo.

"Você precisa ter fé." Valdisnei repetiu.

Na luta pela vida, o imponderável era o grande motivo para a felicidade. A fé, a providência divina que supostamente viria do céu, incompreensível, transcendente, epifânica, todo o sagrado era produzido pelos homens.

O HOMEM QUE CALCULAVA

"Tem meu nome aí?" – Perguntou a Irodilde. O problema é que ela falou sério e empacou a Ivanilda, que vinha logo atrás, visivelmente constrangida pela pergunta da sua amiga, mas afastou a sua antecessora e disse: "Tem o meu também?". Deus. "Tem Ivone e Clotilde", disse a Sabrina, depois de percorrer toda a cartela. "O que eu ganho?" "Estojo de maquiagem da Mary Kay." A turma tinha escolhido uma alternativa para as garotas, mas a Sabrina pronunciava "Mari Cai". "Quero uma.", disseram as duas. "Mas escreve aí em cima os nomes da gente. Hihi." "Ai, meu saco.", pensa Sabrina. A nossa futura Gata Borralheira enfia as notas na bolsa e acompanhemos a seguir a incrível saga da ciranda econômica através de uma das notas que ela pegou.

Bom, você acertou. Aqui é tudo cíclico. Tudo se repete até culminar na esperança máxima de que um dia tudo isso mude. Vai, vai, vai, atinge o ápice e depois volta para o início. Agora, para ficar legal (legalzão), acompanhe a narrativa no ritmo de locutor de jóquei. Sabrina passa (vou sinalizar a parte que você precisa esticar lendo. Aqui. Tem que ser "paaassaaa".) a nota de dois reais para a Clara que precisa (aqui também é bom esticar: "preciiiisaaaa".) de troco para dar pro Fábio (ora, também tem nomes normais também na periferia.) Fábio pega a nota. Corre até a cantina e compra uma coxinha e passa (estica) para o seu Luiz. O seu Luiz pega a nota. Vira para outro o lado e dá para a Mathana (caralho, apareceu de novo. Mathana!) no troco para um bauru e coca-cola. Mathana pega a nota. Dribla Valdisnei, que está vendendo a rifa, e avança na direção do Welisvelton. Mas Welisvelton não é flor que se cheire. Welisvelton percebe (estica) que a nota está aparecendo no bolso. Finge que a abraça e pega a nota de dois reais para ele. Malandro! (estica) Sai assobiando. Volta para a sala, pega a mochila. Sai pelo portão da escola, ultrapassa alguns pais, ultrapassa alunos, ultrapassa (ultrapassa) professores, só não ultrapassa o traficante. Puxa a nota, passa a outra nota, enfia de volta a nota de dois reais. Dá partida na sua moto, pilota até o posto, entrega dois reais entre outras notas, ih, peraí, nesse pagamento Welisvelton deixa 53 (estica) % do valor da gasolina para o governo. O frentista pega a nota de R$ 2,00 e enfia no bolso, porque já tá roubando o posto faz tempo, mancomunado com o gerente, que é seu amigo. Sai do seu turno, vai até a vendinha do pai da Tomoko. Compra uma garrafa de cachaça e deixa mais 82% do valor para o governo e R$ 2,00 que circulam para o seu Furuno. Tomoko chega. Pede para o seu pai para comprar a rifa. Leva uma bronca. Pede para trocar seus R$ 10,00 por 5 de R$ 2,00. Pega de volta a nota da Sabrina. Pede emprestado uma calculadora que seu Furuno comprou pagando 42% (estica) para o governo. Tomoko sai. Passa (estica) as notas de R$ 2,00 para o Monstro. Que passa para a novinha que comprou dois nomes. Troca beijos. Troca amassos. A novinha passa de novo os R$ 2,00 que recebeu. Compra mais um nome, recebe mais beijos, mais amassos. Vai embora. Monstro, distraído, olhando para a bunda da menina, deixa cair a nota de R$ 2,00. Dramática (estica) a aventura da ciranda econômica! Mas a Clara, que vinha logo na cola junto com a Tomoko, percebe a nota caindo. Vem um moleque na direção da nota. Os dois correm. O moleque é mais rápido. Toma a dianteira. Clara corre, como se disso dependesse a sua vida. O moleque tropeça. Clara quase rola. O moleque se recupera e passa um corpo de vantagem. O moleque vai vencer. É na reta final.

Clara tira a mochila das costas e começa a rodar. Sensacional a corrida por R$ 2,00! Ela gira a mochila. O moleque quase está chegando na reta final. Clara lança a mochila. Acerta na perna do moleque. Sensacional! (estica) Cai o moleque faltando uma cabeça para pegar o dinheiro. Clara anda calmamente. Pega (estica) o dinheiro na cara do moleque. Puxa calmamente a cartela da rifa e anota o nome do Monstro em nome de Ailton. Valeu a pena. Valeu muito (estica) a pena. A mochila que comprou deixando 40% para o governo salvou o dinheiro da rifa! Clara sorri. Passa pela barraca de pastel, passa pela barraca de jogo do bicho, mas não passa pela banca do seu João. Deixa 32 centavos para o governo do um real que compra de chiclete! O dinheiro muda de mão, mas só o governo ganha! Mas essa nota de R$ 2,00 parece que tem simpatia pela turma do Valdisnei. Fica circulando perto. Se é assim, como vai parar na mão da Brasileia?!?! O seu João fecha a banca. Vai atravessar a rua. Passa por um Uno, passa por um Gol, passa (estica) por uma Variant 79! Para pra respirar. É uma travessia perigosa. Passa Celta, passa Corolla e chega ao outro lado, que é o clube da Bocha! O seu João é um herói. Passou por todos os veículos que deixaram para o governo quase 40% do valor, cada um! O seu João pede uma cerveja. Deixa 56 (estica)% mais do que todos os carros que driblou para o cofre da União. Calma lá. A Brasileia aparece na curva da rua. Vem andando, quase correndo, passa pelo hotel do qual o governo leva 30% por hospedagem. Entra esbaforida no clube. É o único lugar aberto no caminho de casa. Fica do lado da televisão de cachorro. Até na hora da morte, e mesmo depois da morte, os frangos têm que deixar 17% para a pátria amada. Brasileia pede para trocar R$ 10,00 para fazer a contabilidade final na reunião da turma. Cremilson, não é possível, não é possível (repete mais duas vezes). Esse nome só pode ter sido inventado! Seu Cremilson não quer trocar.

Reluta, esquiva. Brasileia insiste, argumenta, tenta dobrar. Diz que é importante. O seu João se intromete. Pergunta o que é. Brasileia responde que é para uma rifa. Seu João se cala. Cremilson finalmente cede. É a ciranda dos R$ 2,00! Brasileia tem vontade de beijar a imagem de santo que tem na carteira. Mas essa imagem já rezou para o governo em 42%, pouquinho menos do que a Tubaína que ela queria tomar, que é de 46%. Brasileia desiste da Tubaína. Dá meia volta e caminha para casa. Epa, epa, epa! Dramático! Os R$ 2,00 da Sabrina não estão no meio do troco! Seu João comete uma extravagância. Chama a caipirinha, que paga 77% de imposto! Chama também a Brasileia. Revira bolso e esbarra no cigarro que pagou 80% de tributo! A mão vai, vão-se os dedos, desvia do isqueiro que também custou heroicos 62%! E saem do bolso os R$ 2,00 da Sabrina. Quer dizer, da Ivanilda. Não, da Irodilde! "É para você.", diz o seu João. É campeão, é um verdadeiro campeão. Assim a corrida do dinheiro que circulava chega ao fim. Brasileia agradece. Dá uma última olhada e, de relance, lança o olhar para as coisas e as pessoas do local. As coisas que ninguém nota. Mas são 32% do açúcar, 37% do adoçante, 34% da água de coco, 44% da água mineral, 20% do café, 37% do amendoim, 26% do óleo de cozinha, 41% do catchup, 15% do cachorro-quente, 29% do pernil, 35% da camisa xadrez, 39% da calça jeans, 37% do aparelho de som, 36% dos sapatos, 31% do chinelo, 19% do andador, 37% da geladeira, 48% da energia elétrica, 48% da caneta, 40% da muleta, 45% da televisão e 40% na bola de bocha. Tudo, tudo vai para o governo! Agora a Brasileia sai do clube. Caminha lentamente e acelera o passo até em casa. Tá contente, tá feliz, tá quase correndo, tá trotando! Mas pobre Brasileia, pobre povo brasileiro. O dinheiro muda de mão, que vai fundo e volta pro mesmo lugar, mas quem fica com a maior parte é o governo. Impossível! Impossível! (mais duas vezes)

Nessa corrida, nem Malba Tahan poderia dividir o cavalo por igual. O cavalo dá volta, o cavalo tropeça, o cavalo muda de raia, mas quem ganha sempre é o governo com muitos (estica) corpos e muitas (estica) cabeças! Assim termina o páreo.

EU

Este livro é muito louco. É que o Brasil é um país muito louco. E nós moramos aqui. Eu também moro aqui. Já disse que se tudo der certo, nós vamos nos encontrar e vou cumprir a minha promessa. E, para isso, basta fazer a sua parte. Qual é a sua parte? Ler, se informar, questionar e se conscientizar. Tentar entender o verdadeiro mecanismo que rege o que se chama de realidade e escapar da vida de fantasias que os nossos heróis vivem. Sim, eles vão viver daqui a pouco uma vida de fantasia da fantasia. É *matrix* na vida real, meu amigo. Quando você sair minimamente desse *matrix*, eu vou surgir. Você vai ver. Eu prometo. Agora voltemos a um outro ciclo para a gente completar a corrida insana pela vida que este livro representa. Como já disse, aqui tudo é ciclo. Os nossos personagens, quando terminar este livro, vão voltar para o começo deste livro, de novo, infinitamente. Até eles entenderem. Se você não entender, volte também. Mas, se você conseguir escapar, procure pela sua identidade. O seu "Eu". A sua verdade. E a verdade da vida que você vive. Saia do ciclo. Quebre o ciclo e inicie um novo que não seja andar em círculos e que enverede para um novo caminho sempre.

A secretária da tesouraria, ou diretora financeira da operação Disneylândia, Tomoko, ia fazendo tudo andar. Levou Clara para experimentar a fantasia de Branca de Neve e viu a sua amiga se emocionar. Monstro pediu para ajustar o seu casaco para o estilo *slim fit* e apertar ainda mais a sua calça. Isabella pediu uma faixa de cetim amarelo no seu vestido amarelo. Pagou adiantado os aluguéis das fantasias e conseguiu um bom desconto. Mas manteve segredo da sua. "Você vai comprar um quimono?", perguntou Sabrina. Tomoko não respondeu. Respondeu um simples, "Você vai ver", e sorriu. Está ficando legal esse infantojuvenil da vida real, né? Um monte de gente feliz e muitos sonhos? Só que não. Isso aqui é um relato do Inferno. E assim como Dante (quem é Dante?), que começa pelo Inferno até chegar ao Céu, nós também começamos pelo inferno e vamos até o Céu. A diferença é que o nosso Céu é também Inferno. De modo que vamos ficar indo e voltando de Inferno em Inferno até o fim. Então, vamos afunilar. Vamos até o Inferno dos Infernos em forma de espiral para tentar entender esse grito de socorro, que é este livro muito estranho. Lembrou os seios do capítulo "Noites na Taverna"? Peço desculpas, de fato, você não vai conseguir esquecer esta história tão cedo. Ou melhor, talvez nunca mais consiga esquecer. Será o cadáver do cachorro morto que o professor de matemática expõe ao mundo, como no conto de Clarice. Ou como um outro cadáver que Benfajeza carrega nas costas no outro conto de Guimarães Rosa. É a ferida aberta e a veia exposta. Fratura e falência múltipla de órgãos que formam o cerne da nossa organização social. Um mundo dominado pela dubiedade de caracteres e critério moral equivocado, o sistema de dominação no qual os governantes condenam os seus filhos à eterna cegueira. Aqui, não existe EU. Apenas um EU fantasiado de EU. Uma individualidade forjada pela forma industrializada de ser humano que, de molde em molde, fabrica bonecos em série que caminham para a morte trágica e violenta. Sorte é que esta história é uma fábula. Porque a realidade é muito pior.

Bom, simbora para a espiral nauseante, tonitruante e vertiginosa. Em queda livre. É assim que vamos até o fim, até o Céu que é o Inferno, e vamos rir e chorar ao mesmo tempo.

Valdisnei Um dois Três Quatro da Silva tem esse nome porque é o quarto filho de seu Aristides. O segundo filho se chama JP e é um personagem importante deste capítulo e do último ciclo da descida. Aristides é o que se pode chamar de alcoólatra. Amigo do Cleverson, pai da Clara, que também é alcoólatra. Aristides é ajudante de pedreiro, e Cleverson, pintor (obviamente, não artista). Essa dupla do Inferno já aprontou muito junto e deixou marcas indeléveis (de verdade) nas respectivas esposas e, também, nos seus filhos. O irmão mais velho de Valdisnei é coxo, não por causa da nascença, e sim de uma surra que levou do seu pai quando tinha seis anos. Motivo: esqueceu a porta aberta. Ou deixou a torneira pingando. Ou estava respirando. Não importa. A ordem dos tratores não ia alterar esse viaduto de violência gratuita. A irmã da Clara que é Escura, brincadeira, ela se chama Violeta. Não me faça ter lógica nesta história que parece de mentira, mas é mais real que o Tiririca, que foi eleito deputado federal. "Mas ele é real", você poderia dizer. Me deixa. Tô doidão narrando esta história. Doidão de raiva. Doidona está neste exato momento a Violeta, que mora no centro. Mais precisamente no andar de cima de "All Flowers". Ela trabalha lá. É, é. Ela é prostituta. Fugiu de casa porque não aguentou tanta surra que levou do pai e de tanta tentativa de abuso. E hoje, sem saber, usa a cocaína que a turma do JP trafica. Quer saber uma história de amor bonita? JP namorava Violeta quando tinha 12 anos e prometeu que a amaria para sempre. Que ela era o ar que ele respirava. Um dia, Violeta pegou o JP bolinando a sua irmã e mandou JP para o Inferno. O fato é que JP amava mesmo a Violeta. E ele foi para o Inferno de verdade. Começou a traficar e, como era inteligente e esperto, ascendeu rápido na hierarquia do tráfico. Hoje, comanda a conexão leste com milhares de bocas e abastece também pessoas influentes que, direta ou indiretamente, oprimem toda essa gente do livro e mais um monte de gente. Mas a ironia maior é que hoje o JP é o ar que a Violeta respira. Inspira, mais precisamente.

É, minha gente. Tudo está conectado. O pai da Brasileia tinha um caso com a mãe da Sabrina, que também saía de vez em quando com o pai do Monstro. Será por isso que a Sabrina e a Brasileia se dão bem? Elas são meias-irmãs? Mas, se for assim, o filho da Sabrina é um fruto de incesto imaginário? Que confusão. O outro filho da Sabrina é um fruto de estupro. É que ela não se lembra. Tinha transado com três moleques na semana que concebeu o Jacinto (que nome) e não sabe quem é o pai, porque foi estuprada quando ela estava completamente bêbada. Sabia que a Clara dá graças a Deus por ela ser gorda? Porque quando apanha dói menos do que quando era magra. Tá certo que o Monstro não é um dos homens mais inteligentes do mundo, mas acredito que essa fixação por pegar mulher vem do pai ninfomaníaco que, por sinal, herdou a educação sexual do pai dele de "homem que é homem tem que pegar muita mulher". Ou porque nem seu pai, nem sua mãe deram a mínima atenção, e seus outros seis irmãos são mais doidos que todos os personagens juntos e toda a sua cidade junta. Fruto dos espermatozoides saudáveis que eles herdaram do pai usuário e viciado em *crack*. Hoje, o pai do Monstro tem uma residência fixa na Cracolândia e, só recentemente, muda de endereço dia sim, dia não, por causa dessa política de acabar com a Cracolândia, que faz com que os viciados mudem da rua de cima para a rua de baixo, para o lado e para cima. Isabella tem um segredo que não sabe que tem um segredo. É uma filha bastarda do caso quando a sua mãe trabalhava como empregada e, com vergonha, não contou para ninguém. Também pudera, era uma evangélica fervorosa. Deve ser por isso que ela adoeceu de uma doença misteriosa e faleceu rapidamente. Assim, a Isabella é a única personagem da história que realmente nunca vai saber a sua verdadeira origem. O EU verdadeiro. A sua feiura não é por causa da genética. É por causa da tentativa frustrada de aborto da sua mãe que decidiu que a vergonha do caso extraconjugal era pior que de interromper a gravidez. Mas essa história a Isabella também não vai saber. E cá entre nós, dos poucos que sabem, quem teria coragem de contar para a Isabella? Ninguém seria tão feio a esse ponto. E a Tomoko, não se conecta a essa história? Conecta sim. É tudo uma viagem só. Ninguém sai impune nesta ciranda espiral de consciência coletiva até os confins do Inferno. Tomoko tinha um irmão. Que sempre ganhou de tudo do pai, inclusive um carro zero quando fez 18 anos. Fumava maconha todos os dias desde os 14 e se viciou em cocaína quando tinha 16 e meio, e o presente de aniversário de 18 foi "roubado" para o desmanche, para pagar as dívidas de pó. Quem é que vendia para ele? Claro, o JP. Foi o mesmo que mandou excecutar o Takeshi quando este fez 20 anos, com requintes de crueldade e embora a cidade inteira soubesse quem foi o mandante, ficou em silêncio, com medo da represália. JP foi quem cegou a mãe da Brasileia por pura vingança do marido que não pagava a dívida, matou mais dois irmãos do Monstro e deu um sumiço no pai da Sabrina e, não obstante, estuprou a própria Sabrina quando ela estava completamente bêbada. Sim, falei. JP é o pai do Jacinto. "O horror, o horror", ou apenas "Que horror!", você poderia dizer. E, se está pensando que estou sendo moralista ao atribuir tudo de errado às drogas e a um monstro de verdade, a minha resposta é não. O horror maior é a falta de oportunidade, pessoas eclipsadas no sonho materialista e valores de sobrevivência cruel imposta pela realidade hereditária de desinformação, deseducação e o ciclo vicioso e infernal da ignorância. Sou só um narrador da história que um dia pretende ficar cara a cara com você para poder fazer você entender tudo o que se passa. JP. JP pode ser Jumento Político. JP pode ser Jogo Premeditado. Pode ser Jovens Prostituídos, Juízo Pútrido. JP pode ser a óbvia Juventude Perdida. Mas JP, mais do que tudo, pode ser Jornada Podre da vida em suspensão, uma vida indigna, desmedida, descabida, desprovida, descartada, carcomida, pisoteada, cuspida, massacrada, desprezada, humilhada, insultada e desonrada. JP pode ser um nome em sigla genérica, um retrato da vida de uma maioria que nunca vai encontrar a sua verdadeira identidade.

A história que narrei não é sobre o horror do tráfico de drogas. É sobre o horror da vida. De como a miséria continua produzindo e reproduzindo mais miséria e tragédia. Não podemos mudar? O que podemos fazer? Como podemos transformar, de fato a história terrível de vida real em um belo conto de fadas, no qual todos podemos ser felizes e contentes? É pedir muito? É impossível? Quando poderemos decretar nesta existência miserável e angustiante de todos os homens, um "E assim, foram felizes para sempre"?

"O Homem, que, nesta terra miserável, Mora, entre feras, sente inevitável Necessidade de também ser fera."

...

"Se a alguém causa inda pena a tua chaga, Apedreja essa mão vil que te afaga, Escarra nessa boca que te beija!"

Ah, estou muito enjoado. Não sei se consigo continuar esta história até o fim. Não aguento. Com licença, vou até o banheiro vomitar.

AMAR, VERBO INTRANSITIVO

É droga, criminalidade, família desestruturada, falta de perspectiva. O pano de fundo do nosso conto de fatos é *dark*. Mas aqui fica claro que os nossos heróis são realmente heróis mesmo. Ah, contei que a segunda gravidez da Sabrina foi descoberta por acaso? Ela foi parar no hospital sentindo uma dor terrível no estômago. Foi atendida no pronto-socorro, medicada e voltou para casa se sentindo melhor. Mas voltou ao hospital depois de três horas, sentindo-se pior. Sua mãe e avó, preocupadas, ficaram do lado de fora rezando como sempre. A médica estranhou e mandou fazer um teste de gravidez. E *voilá*. Ela estava grávida! Desta vez sabia que o pai era o Monstro, porque tinha maneirado no sexo desenfreado e inconsequente por influência da igreja que começara a frequentar; fez as contas e concluiu que só podia ser do Monstro. A médica, estupefata, sem saber o que fazer, saiu do quarto e disse à mãe da Sabrina:

– Parabéns, a senhora vai ser avó.

"De novo?", a Mãe pensou. Mas a médica, que deveria ter sido comediante se não fosse médica, continuou:

– E a senhora... Vai ser bisavó.

Paremos. O que é existir? O que é a vida? Por que nós vivemos? Qual é o sentido da vida? Se o sentido da vida é procriar, a Sabrina cumpriu o seu papel. A sua vida já valeu a pena. Mas o que será dos seus filhos? Repetirão os mesmos ciclos da sua mãe, da sua vó, da sua sua bisavó, da sua tataravó, assim até chegar aos confins das árvores genealógicas e questionar a validade da existência humana? A miséria estava na raiz da origem dos homens? A vida não poderia ter, até mesmo para os miseráveis, o seu momento de fogos de artifício que explodem, fazem inveja até às estrelas? Se os homens não conseguem resolver os seus problemas, onde estarão as estrelas, sonhos, Deus e o amor? Ah, o amor... Não pense que a nossa história seja um puro conto de terror. Esta história, acredite se quiser, é uma história de amor. Dos que esperam a fricção da vida para entrar em combustão. Dos que esperam o seu momento de fogo para iluminar tudo e todos. Dos que esperam florescer com a quantidade certa de água, vento e terra, para alegrar o charco abandonado e deprezível. Dos que ainda com corações intactos querem preencher o vazio dos outros. Dos que, na sua essência do nada, sacrificariam a si mesmos para que os outros pudessem existir. Dos que secariam as lágrimas dos outros com a quentura da sua alma. Dos que doariam a sua pequena e única felicidade para que os outros possam sentir um pouco de conforto, um rastilho do amor.

Ó mãe miséria, que gerou todos os nomes e a ciranda interminável de desamor, olhai para essas pobres criaturas que desconhecem o sentido de plenitude, lutando dia e noite, vida após vida para que, apenas por um instante, tenham um momento de vacuidade em que sentirão um pouco de paz. Eles querem explodir de contentamento. Eles querem conhecer a natureza das estrelas. Eles querem entender a igualdade do universo. Eles querem deixar de serem insignificantes para se diluir na alma de todos. Amai um ao outro. Multiplicai um ao outro. Acudi um ao outro. Em que era entraremos em ressonância com todos os corações e esqueceremos as nossas aparentes individualidades? Que lei dos homens nos igualaria em direitos e obrigações e nos levaria em direção oposta ao abismo do egoísmo? Que amor descontado, subtraído, mutilado, enxertado, maculado, sujo, desonrado e vergonhoso poderá servir de alicerce para a nossa subsistência de seres já esquecidos da origem divina? Se eu me preocupo apenas comigo mesmo, como poderei me enxergar nesse mundo sem espelho? Ah, humanidade. O medo da morte impera nas minhas decisões e me faz pisar, cuspir e matar os outros. E o meu desejo de existir anula a vontade e a dignidade de todos. Mas há saída? Não sei. Não sei. Eu não sei. Valdisnei ficou de entregar as fantasias de quem alugou. Tomoko ficou com as de quem mandou fazer. O dia estava chegando. Hoje é quinta. Amanhã é o dia de fazer os últimos ajustes. E, se tudo der certo, todos estarão às dez da noite de sábado na estação de trem de Itaquaquecetuba, farão baldeação em Calmon Viana e chegarão à estação de Ferraz de Vasconcelos, no máximo às dez e meia. De lá, vão pegar a lotação e estarão na festa por volta das onze da noite. O que eles não sabem é que vão perder meia hora por causa do atraso da Tomoko, mais meia hora de parada na estação de Poá, por falha mecânica, e mais um tempinho para o retoque de maquiagem das princesas, e chegarão à meia-noite em ponto à festa. Na chegada, Sabrina, que é nossa Cinderela dirá: "Em vez de sair, eu cheguei na festa à meia-noite!"

Valdisnei passou primeiro na casa da Brasileia e depois na casa da Sabrina, mas ela não estava. Deixou a fantasia com a sua mãe-avó, e sua avó-bisavó ficou maravilhada com o vestido. A turma do Valdisnei andava muito feliz nessas semanas. As suas vidas tinham ganhado a cor igual a das suas fantasias e só pensavam na entrada triunfal na festa do ano. Mas a vida, queridos amigos, dói e não escolhe a hora para mostrar a sua verdadeira face. Não importa quantas festas à fantasia nós fizermos, ela sempre vai dar um jeito de nos mostrar a sua verdadeira natureza quando menos se espera. Enquanto Valdisnei sai pelo portão carregando a sua fantasia e volta feliz para casa, escuta um barulho no quintal vizinho. Um quintal cheio de mato e com uma "clareira" de chão batido no meio. Duas crianças brincavam. Se todos da turma, exceto Tomoko, viviam na zona da miséria ou abaixo, essa casa de pau a pique seria o submundo da miséria. Talvez a própria miséria tivesse vergonha e a renegasse. A miséria da miséria. O mundo abandonado da miséria. O mundo de pessoas que nem sequer fazem parte da estatística. Pessoas inexistentes. Realmente invisíveis. "Tio Valdisnei!", alguém gritou. "Vanderley, o que você está fazendo aí?" Era o filho mais velho da Sabrina.

– Estou brincando com Edinaldo, tio Valdisnei!

– Do que estão brincando, Vanderley? - Abriu o portão todo animado para tentar fazer a sua boa ação do dia e tentar brincar com os meninos - Posso entrar?

– Sim!!! - Os dois gritam animados.

– O que estão fazendo?

– Aqui, tio Valdisnei. Vem ver. Aqui é uma estrada.

Valdisnei deduziu que brincavam de carrinhos, se esforçou para enxergar, mas não conseguiu ver nenhum carinho no chão. Abaixou e avistou um monte de ossos de costelas de boi.

– É disso que estão brincando? - Ficou surpreso com o brinquedo inusitado. É claro, ninguém tinha dinheiro para comprar carrinhos de brinquedo.

– É, tio! Aqui, ó. Isso aqui é um caminhão! - Pegou um osso maior e colocou-a na estrada delimitada por galhos de árvore. – E esses são os carrinhos. Esse e esse! E isso aqui é a lombada. Rarará. Olha, tio!

As lágrimas começavam a brotar dos olhos de Valdisney, mas ele quis entrar na brincadeira.

– Que brincadeira legal. Então isso é um carrinho. Vou pegar um e... colocar na estra... – Valdisnei não conseguiu terminar a frase. Começou a chorar copiosamente. E deixou cair a sua fantasia no chão.

– Tio, por que está chorando?

Quanto mais os meninos tentavam consolá-lo, mais lágrimas brotavam dos olhos do Valdisnei. Chorava tanto que soluçava. Não conseguia evitar.

– Tio, o que aconteceu? Para de chorar. Humm. – Vanderley o acudia, mas Valdisnei não parava de chorar. – Ei, você é príncipe?!?! – Disse Vanderley, olhando para a fantasia. O choro de Valdisnei piorava. Talvez chorasse 16 anos e 4 meses de tristeza, angústia e sofrimento represados. Ou talvez vertesse o simples fato de ter nascido ser humano. De não ter pedido para nascer. De estar à mercê do imponderável, do acaso e da eterna desculpa, destino. "Será que também da festa universal da morte, da perniciosa febre que ao nosso redor inflama o céu desta noite chuvosa, surgirá um dia o amor?" Mais uma de Thomas Mann, filho de uma mãe brasileira. E nós, que todos nascemos aqui, somos todos filhos do Brasil? Encontraremos a dignidade para sermos todos filhos legítimos deste país impiedoso e desigual? Ou, sendo apenas humanos, um dia teremos o orgulho de sermos filhos? Somos filhos da vida ou filhos da morte? E o amor, é o que nos redime ou é o que nos deixa sempre na esperança impossível do quase? E se somos filhos, surgimos do amor dos pais, ou somos apenas gerações espontâneas de erros herdados dos nossos antepassados? Saída? A única saída que vejo é estúpida e generosa: amar. Amar, porque nunca saberemos o motivo de estarmos aqui. Amar, porque é a única maneira de anular todas as desigualdades e injustiças. Amar, porque é o único jeito de transcender as razões que tornam a nossa existência medíocre. Amar, porque no amor não há nada que não possa ser perdoado, redimido e esquecido. Amar, porque só o amor faz todos os homens perderem o medo da morte. Amar, porque o amor remove todas as barreiras e dota todos os seres humanos com o dom divino de realizar o impossível. Amar, porque o amor não necessita de complemento. É por isso que amar é um verbo intransitivo. Incondicional, intrasferível, altruísta, auspicioso e conjugável em apenas um tempo, gênero, número e pessoa: Eu amo.

ESTRELA DA MANHÃ

Para a turma do Valdisnei, a semana da festa à fantasia foi a mais feliz das suas vidas. As suas casas, de fato, pareciam palácios; as ruas e calçadas, intermináveis tapetes vermelhos; transportes públicos, verdadeiras carruagens de luxo. Ninguém notou que as pessoas furavam filas, atravessavam a rua fora da faixa, avançavam no sinal vermelho, estacionavam nos lugares proibidos, vendiam produtos de péssima qualidade, entregavam mercadorias fora do prazo, pagavam propinas, aceitavam subornos, etc. etc. Nada que alguém já não notasse, mas o errado do errado deixou de ser errado e tudo pareceu mesmo um conto de fadas. O Brasil é um país de faz de conta, porque o faz de conta é a vida real aqui. Não importa. A verdade é que Clara foi todos os dias à casa da Adelaide, que era costureira, para encher o saco dela; o Monstro pedia mais e mais ajustes, a ponto de rasgar a calça antes da festa de tanto apertar, e Isabella pediu tanto brilho no seu vestido amarelo que mais parecia uma placa luminosa, decoração de árvore de natal, uma fachada de entrada de motel de quinta (essa última fica por conta da imaginação, se você não mora na periferia). Será tudo uma grande ilusão? Será que tudo vai desembocar na grande melancolia do pós-coito? Ou na luxúria reveladora da *petit mort* e na transcendência do gozo? Qual é o sentido da vida e da existência? Viver na ignorância nos tira do páreo da catarse inesperada? Os idiotas não têm direito à epifania? A realização, a plenitude, que seja voluntária ou involuntária, aliás, a felicidade é censitária? *Bullshit*. Todos têm direito a tudo. Até os mais miseráveis têm o direito de serem felizes e serem plenos no simulacro que quiserem. O poder da crença iguala a todos. Que seja do submundo, do submundo do submundo, do submundo do submundo do submundo da vida. Estou falando muito difícil? Relaxa. Já disse, quando você me encontrar, não vai reclamar disso. Finalmente o grande dia chega. Mas vamos voltar um dia. À noite, em casa, quando que todos estão experimentando as suas respectivas fantasias. Aqui, podemos contar, como em *O Mágico de OZ* em *flashback*. Algo aconteceu com todos os nossos príncipes e princesas nessa jornada. Clara, que se sentia o pior ser humano da Terra, começou a olhar para si. Ao rematar (ato de tirar fiapos de linha da roupa) o seu vestido e corrigir as imperfeições, percebeu que ela tinha habilidade. Limpou a sua casa com mais afinco e aguentou firme as grosserias da sua mãe. E um dia, quando o seu pai levantou a mão para bater nela, pela primeira vez na vida ela o encarou. Olhou no fundo dos olhos do pai e disse em telepatia: "Isso é errado." Não se sabe se ele entendeu ou não, mas tamanha era a intensidade do seu olhar que ele baixou a sua mão lentamente, se virou e entrou no quarto. Ainda no mesmo dia, quando foi chamada de baleia, Clara respondeu: "E você, que é um imbecil, chassi de frango?!" Todos riram. Corta para a Brasileia. Brasileia ficou feliz quando pediu alguns tecidos para o vendedor e ouviu: "Brasileia, acho você muito batalhadora, trabalhadora. E inteligente. Eu vou arrumar os tecidos para você. Não precisa me pagar nada. E digo mais, você precisa se divertir mais. A vida não é assim tão séria." Essas palavras ficaram ecoando por muito tempo nela e ocuparam os seus pensamentos, além dos três tradicionais que você já conhece. Chegou à sua casa e continuou pensando. Olhou para sua mãe, que estava sentada na mesa. Pensou na sua vida. No seu destino. E decidiu, naquele momento, que podia mudar. "Mãe, você vai treinar comigo." "O quê?" A sua mãe supreendeu-se, sem entender. "Você está mais ou menos acostumada com a casa, só precisamos colocar em ordem." Disse, pensando no expediente à tarde no escritório de advocacia. "Vamos lá. Aqui na pia, vou simplificar. Tem quatros pratos. Um, dois, três e quatro. Consegue sentir? Vou tirar esses copos e deixar só quatro também. Tudo vai ser assim. E aqui..." Começou a guiá-la. Tudo levou um tempo razoável, mas conseguiu organizar a cozinha e mandou a mãe repetir. "Amanhã, vamos ver os objetos da sala e, depois de amanhã, arrumar o quarto." Com algum tempo, a sua mãe iria decorar todos os cantos e as coisas da sua pequena casa. Assim, o seu pensamento número dois diminuiu um pouco. Em seguida, sentou-se no computador e começou a refazer o seu currículo. Iria conseguir uma ocupação que a faria ganhar o suficiente para ficar em apenas um emprego. E não pararia antes que isso realmente acontecesse. Resolveria, assim, o primeiro e, também, o terceiro pensamento. Finalmente, antes de dormir, ou sonhar, em muitos e muitos anos, revisou o horário e decidiu que algumas matérias poderia estudar em casa e ficar com a mãe por mais tempo. "Mãe, vou melhorar as nossas vidas!" Cobriu a mãe e deu um beijo na testa e a deitou em sua cama. E pela primeira vez em sua vida sonhou com uma vida melhor. Corta de novo. "Eu mesmo vou fazer isso." – disse o Monstro, pegando a máscara do Fera. Estava com muito pouco pelo e a abertura que demarcava a cabeça o incomodava. Pediu o dinheiro para a Tomoko e ouviu uma negativa. "Não posso te dar o dinheiro. Todos receberam a mesma quantia. Não seria justo só porque você quer dar uma de metrossexual Disney." Só ela riu. Na volta para casa, viu o seu Domingos arrumando o telhado e gritou: "O senhor tá precisando de alguma ajuda? Estou procurando um bico!" Domingos olhou: "Seria bom. Mas eu só tenho cinquenta reais para colocar todas essas telhas!" O Monstro topou. Levaria três dias, mas teria o dinheiro para comprar a juba artificial e aplicar na máscara.

Trabalhou duro e, acredite se quiser, dispensou as novinhas e confecionava e ajustava a máscara à noite. E, como há muito tempo não sentia, percebeu que a sua felicidade durava mais do que durante o sexo e logo após as ejaculações. Sentia-se pleno e sorria. "Seria muito foda (ééé vocabulário...), se pudesse sentir isso por mais tempo." Filosofou. Mas como não poderia deixar de ser, quando terminou a sua máscara, comemorou fazendo muito sexo. Corta para Isabella. "Pai, me dá um dinheiro?" Seu Jurandir olha para a filha, intrigado.

JURANDIR

Mas o que você quer?

ISABELLA

Eu... Eu quero comprar uma maquiagem...

JURANDIR

O quê?
(Jurandir quase se apoia na parede para não cair de tão surpreso)

ISABELLA

Isso mesmo, Pai. Eu quero comprar um estojo de maquiagem. Mas é um daqueles bem simples. Não é caro...
(Baixa a cabeça esperando a negativa)

JURANDIR

(Após olhar um tempo para Isabella, atônito e com lágrimas nos olhos, vasculha o bolso e tira notas amarrotadas. Também tira as moedas)

Aqui está, filha. Espere.
(Corre até o quarto e volta com mais algumas notas e moedas. Parece ser todo o dinheiro que ele tem)

Compre o que você quiser...
(Em seguida, Jurandir abraça a filha e chora. Isabella não entende bem o porquê. Mas era um abraço que não recebia do pai havia muito tempo. Ela também se emociona)

ISABELLA

É muito, pai.

NICK FAREWELL

JURANDIR

Não importa. Compre o melhor. Compre o melhor...

(Corta para Sabrina)

(Vanderley, o filho mais velho da Sabrina, observa a sua mãe, que está se admirando com o seu vestido azul no espelho. Sem entrar no quarto, coloca apenas a cabeça pela porta e fica olhando um tempão.)

VANDERLEY

Aonde você vai, mãe?

SABRINA

(A palavra "mãe" a irrita.)

Não é da sua conta.

(Em seguida, diz um pouco arrependida.)

Eu vou a um baile.

VANDERLEY

Mãe ...

(Sabrina parece esperar por um elogio.)

Não volta muito tarde.

(Dito isso, Vanderley foge. Sabrina está visivelmente irritada. Esboça uma reação em correr atrás do filho, mas se detém. Parece refletir por um segundo. Fica cabisbaixa, pois compreende que as palavras que o filho disse na verdade não são de reprimenda, mas a sua única maneira de demonstrar o amor. Sabrina anda pelo corredor com o vestido erguido)

76

SABRINA

Vem cá, meu filho.

(Visivelmente está embaraçada com a palavra "filho")

Eu...

(Parece não saber o que dizer)

Volto antes da meia-noite.

(Ironia. A mentira mais sincera que Sabrina já disse.
Mas as suas falas parecem adquirir um súbita segurança
depois disso)

Vamos lá ver o seu irmão.

(Segurando a mão de Vanderley, caminha pelo corredor e
entra no quarto de Zacarias. Vanderley, sem entender,
fica olhando para o irmão no berço. Sabrina olha para
os dois e tenta esboçar uma palavra e não consegue.
Fica emocionada.)

A mamãe... A mamãe vai voltar.
(Diz como se tivesse se ausentado a vida toda.)

(Corta para Valdisnei)

(Valdisnei está todo empolgado no escritório, segurando um livro na mão)

VALDISNEI

Seu Moreira! Eu consegui ler o livro! É muito bom mesmo.
"Alguns são mais iguais do que os outros."
Aquele "Alguns infinitos são maiores do que os outros."
é copiado disso, não é?
Cadê o seu Moreira?

(Para, notando a mesa vazia)

Onde tá o seu Moreira?

FUNCIONÁRIO

(Visivelmente constrangido)

Ele foi despedido.

VALDISNEI

Despedido?

FUNCIONÁRIO

É...

VALDISNEI

Foi por causa do...

FUNCIONÁRIO

(Baixando a voz)

Disseram que não. Vem cá.
(Baixando ainda mais a voz)

Mas eu ouvi o Luiz comentar. Foi sim...

VALDISNEI

Mas que filho da puta...
(Aperta forte o livro e, de tanta raiva, treme)

(Corta para uma semana atrás)

VALDISNEI

O que é isso, seu Moreira?
(Pergunta, segurando um panfleto que acabou de ser entregue)

MOREIRA

É greve geral, Valdisnei.

VALDISNEI

Greve geral?

MOREIRA

É. Vamos exigir os nossos direitos.

VALDISNEI

Que direitos, Seu Moreira?

MOREIRA

Ser pago pelos nosso trabalho.

VALDISNEI

Mas já não somos pagos?

MOREIRA

Valdisnei, temos que ser pagos com justiça pelo que
trabalhamos. Valores justos. Não somos escravos.
Estamos vendendo o nosso trabalho.
Temos que receber o valor justo.

VALDISNEI

É. Eles contra nóis, né?

MOREIRA

Também não. Muitas pessoas acreditam que é uma luta. Guerra. Como se fôssemos de raças diferentes, pessoas diferentes. Também não é isso. Um dia, você mesmo pode estar do outro lado. Ser patrão. É apenas uma questão de equivalência. Devemos receber o valor justo do que vendemos, trabalhamos. É apenas uma questão de equivalência, justiça.

VALDISNEI

Mas eles não podem nos demitir?

MOREIRA

Não. Temos o direito de protestar. Não podem usar o poder empregatício para tentar nos coagir. Chantagear.

VALDISNEI

O senhor fala difícil. Mas sinto que o senhor está certo.

MOREIRA

Valdisnei, a vida é dura. Mas isso não pode nos amolecer. E tampouco deixar a gente endurecer. Sobretudo, os nossos corações. Quando os nossos corações endurecem, nós morremos. Valdisnei, leia, estude. E seja um homem justo. Um homem que,sobretudo, sabe diferenciar o certo do errado. Parece fácil, mas não é. Estude para se informar e formar. Pense, reflita e analise. Não tome partidos, tome decisões. É isso que separa o menino dos homens. E mais, você tem o nome de alguém que transformou o sonho em realidade.

VALDISNEI

Mas, seu Moreira. Eu não entendo. Acho que nunca vou entender.
Às vezes, penso que minha vida nunca vai mudar. Eu vejo meus pais, meus irmãos e o outro... Parece que eu só posso fazer isso, sabe?
Acho que não sou inteligente. Talvez não possa querer mais do que isso.

MOREIRA

É isso que eles querem que você acredite. Pior, é isso mesmo que você quer acreditar. Escute com atenção, Valdisnei. É tudo medo da morte. Temos medo de perder. Temos medo de fracassar. Temos medo de sermos demitidos. Temos medo de não ter dinheiro para pagar as contas. Tudo isso é medo da morte. Queremos segurança. Queremos o fácil, cômodo. Mas isso não é vida. Não é vida de verdade. Quer ver? Você não chega naquela menina que você gosta. Isso é medo da morte. Fica com medo da prova, de reprovar, não ter feito o trabalho da escola. Isso é medo da morte. Tem medo de que os seus amigos te achem ridículo. É medo da morte. Tem medo de perder o emprego e não conseguir outro. É medo da morte.
No fundo, nada disso é tão importante como pensa. Enfrente, Valdisnei! Enfrente o medo da morte. Um dia você vai entender que só morrendo é que você pode nascer de novo. A verdadeira coragem é ter coragem de enfrentar o medo da morte. Não morra em vida! Enfrente! Ser homem é não ter medo da morte.
Não tenha medo da morte, Valdisnei.

(Valdisnei fica olhando para o panfleto.
Corta para alguns dias depois)

MOREIRA

Trouxe um livro para você.
(Entrega o livro para Valdisnei)

É A Revolução dos Bichos, de George Orwell.
Vai te ajudar a entender o que eu disse outro dia.

VALDISNEI

Obrigado, seu Moreira. Andei pensando sobre o que me disse. Acredita mesmo que nós podemos mudar as coisas como estão?

MOREIRA

Não.

VALDISNEI

Não?

MOREIRA

Não. Eu tenho certeza.

VALDISNEI

Ah!

MOREIRA

Claro que um só não vai fazer a diferença. Mas eu, você, Júlio, Jonas, Clemente, Anísio, Anacleto e outros podemos fazer a diferença. E vamos.

VALDISNEI

E se não conseguirmos?

MOREIRA

Outros irão. Os que virão. Temos que continuar. Tudo isso é...

VALDISNEI

Sim. É medo da morte.

MOREIRA

É...
(Tentando mudar de assunto)
Você anda mais animado do que os outros dias. O que houve?

VALDISNEI

Ah, nós vamos a um baile à fantasia.

MOREIRA

É mesmo? Que legal.

VALDISNEI

E vamos todos de príncipes e princesas da Disney. Sabe como é.
(Aponta o dedo para si)

MOREIRA

(Ri alto)
Hahahaha Genial. Muito boa. Você vai de Walt Disney? Não...
Vai como um dos príncipes, certo?

NICK FAREWELL

VALDISNEI

(Corando um pouco)
Sim. Vou de príncipe.

MOREIRA

Você sabia que o príncipe que resgata a princesa não
é o primeiro?

VALDISNEI

Como?

MOREIRA

Acredita mesmo que só tem um príncipe?
Deve haver muitos reinos mesmo que sejam de fantasia.
É que o conto de fadas só mostra o último príncipe.
Aquele que consegue. Aquele que derrota o dragão, a
bruxa e entra no castelo. Mas antes dele tiveram mui-
tos outros príncipes. Que fracassaram.

VALDISNEI

Faz sentido, seu Moreira.

MOREIRA

E essa é a verdadeira lição de moral.
Só os verdadeiros heróis conseguem resgatar as prin-
cesas.
Só os mais preparados, mais corajosos, mais sábios,
os puros de coração, conseguem resgatar as princesas.
Eis a verdadeira lição de moral dos príncipes.
Só os mais justos, destemidos e moralmente superiores
conseguem a glória.

(Corta para o presente e as últimas palavras de Moreira continuam ecoando pelo escritório. De repente, da imobilidade, Valdisnei, como se tivesse sido iluminado por uma súbita revelação, começa a vasculhar com ímpeto as gavetas da mesa do Moreira)

FUNCIONÁRIO

O que você está fazendo?!?!

(Sem dizer uma palavra, Valdisnei continua vasculhando as gavetas. Finalmente, na última gaveta, encontra o que está procurando. São os panfletos da greve geral. Num gesto ainda mais impulsivo, sai andando pelo escritório e distribui o papel. Ouve-se a voz de Moreira ao fundo)

MOREIRA
(V.O.)

Lembre-se sempre, Valdisnei. Nunca se esqueça. Não é luta de classes. Não é guerra. Não é rancor. Não é ódio. Tudo isso é apenas pelo seu direito de ser homem. De existir. Seja um príncipe de verdade. Seja aquele que transforma o sonho em realidade.

(Por fim, esbarra no dono da empresa. Sem pestanejar, Valdisnei lhe entrega o panfleto. Valdisnei sorri. Sorri como um verdadeiro príncipe.)

(Corta para Tomoko)

(Tomoko está concentrada no quartinho do fundo da laje. Está costurando a sua fantasia. Há uma profusão de tecidos verdes de várias tonalidades espalhada pela mesa de costura, ao lado. Já é alta madrugada. Pode-se ouvir os pensamentos da Tomoko, enquanto ela costura)

TOMOKO
(V.O.)

Isso parece não terminar nunca. Costuro, costuro, mas não termina nunca. Parecem estrada, ruas e vielas, becos sem fim. Nunca acaba. Está amanhecendo e não acaba. Nunca acaba. Preciso terminar até amanhã. Se não... Se não... Por que escolhi esta fantasia idiota? Não. Tinha que ser esta. Tem que ser esta.

(Pisca várias vezes e passa o dedo nos olhos cansados.)

Vou conseguir. Tenho que conseguir. Costurar. Costurar. Juntar tudo para conseguir uma única coisa. Minha mão dói, meu pé dói e meu corpo dói. Mas preciso conseguir. Só mais um pouco até o amanhecer. Costurar. Costurar. Até conseguir.

(O barulho da máquina de costura sobe e a câmera se afasta)

Mesmo desgrenhados, prostituídos e fodidos, todos queriam a vida. Esse fulgor que ninguém entende, e mantém a relação de amor e ódio até o fim, ligava todos com um invisível cordão umbilical da eterna mãe-miséria. Nasce o dia, dorme a noite, repetindo infinitamente as histórias, conhecia de cor, os condenados a vagar pela terra sempre com fome e sede de tudo, procurando o sentido único do brilho de uma estrela cadente. No fim das contas, dos infindáveis objetos cintilantes do universo, o ser humano era a única coisa que podia emitir a luz mais intensa do que qualquer outra entidade astronômica. Tudo porque tinha uma alma. Tudo porque era capaz de sacrifício e compaixão pelos outros desafortunados que viviam apagados e viravam cinzas, sequer antes da combustão. De fato, nada no universo dependia de seres humanos. Porém alguma coisa nesses desprezados, muito breve nas idades do universo, seres esquecidos, possuíam o sentimento mais poderoso que existe: a esperança. Mesmo que tudo acabasse hoje, no último momento, poderiam sonhar com um novo dia, o amanhã. Um novo sol, uma nova lua e novas estrelas. É por isso que, mesmo em segredo, mesmo na mais completa desilusão, mesmo no decreto à morte de si mesmo, todos desejavam a Estrela da Manhã. A divina e profana Estrela da Manhã, independente do bem e do mal, a que fodia e dava luz, a Estrela da Manhã era desejada por todos. Mas qual era a exata simbologia, ninguém sabia. A Estrela da Manhã era tudo e nada, quando desdenhada. Era uma presença constante, mesmo ignorada, e o que despertava paixões na mesma medida do ódio.

A Estrela da Manhã era a mãe geradora e exterminadora de todas as vidas, que guardava para si a resposta dos enigmas em simples e complexos paradoxos, sendo entendida, sentida ou intuída, todos queriam o desejo ardente que dava o sentido ignóbil, estupefato, asfixiante, nauseante, assustador, à lenta e mortal existência. A Estrela da Manhã era o começo e o fim.

Alfa e Ômega. Zênite e azimute. Abrigava a todos e também abandonava a todos. Era o latente Zahir até para os esquecidos. Por isso, todos queriam desesperadamente a Estrela da Manhã.

VIVA O POVO BRASILEIRO

O grande dia chegou. A ironia é que caiu bem no dia 06 de setembro, e estaria na festa na virada, no dia 07 de setembro, Dia da Independência do Brasil. Mas ninguém lembraria. Exceto um queixume resmungado de "Nem para cair na segunda." De fato, autonomia ou soberania de um país, ainda mais no Brasil, era um conceito abstrato para a maioria. Se fosse "Dia da Dependência do Brasil", faria mais sentido. Veria que tudo à nossa volta é de uma interferência e dependência assombrosa de tudo que vem de fora. Bom, mas hoje é dia de festa. O detalhamento histórico e a discussão sobre a dependência do Brasil fica por sua conta. Mesmo porque é algo muito importante para o nosso encontro. Sim, se der tudo certo, vamos nos encontrar. É verdade.

A turma do Valdisnei ficou de se encontrar em QG, castelo da Disneylândia de pau a pique, *boulevard* dos sonhos remendados, que é a casa do Valdisnei, 21h30 em ponto. As meninas já estavam se arrumando na casa da Isabella, que ficava mais perto do castelo, e estariam lá às 21h30 em ponto. A coisa é séria. Hoje é o grande dia. Hoje é dia da festa do ano. Em Ferraz de Vasconscelos. Estão todos no horário combinado na casa de Valdisnei, e o alvoroço é geral. O Monstro não consegue parar de se exibir. "Eu que fiz essa máscara! Que tal?" "Você tá parecendo Chewbacca." A risada é geral também.

— Ei, peraí! Está faltando alguém. Cadê a Tomoko? - É o líder da gangue e recém-ganhador, adquiridor e conquistador (argh. Expressões péssimas, *sorry*) da consciência política, Valdisnei.

– Eu passei na casa dela e ela disse que vinha direto para cá. – Disse a Isabella.

– Ninguém viu a fantasia dela, né? Como será? – Indaga a Sabrina, intrigada.

– Estranho. Logo ela que é CDF. Ela nunca ia se atrasar.

– Meu Deus. Ela está com todo o dinheiro. Será que... – É o Monstro sendo Monstro.

A reprovação é geral também. O Monstro foi fuzilado com o olhar de raio laser de todos.

– Não. Ela me passou o dinheiro quando eu tava lá.

Todos ficam em silêncio. Será que ela desistiu?

– Ela falou que vinha?

– Disse. E se ela disse que vem, ela vem. Vamos esperar.

O tempo passa. 10, 20, meia hora. Será que ela vem mesmo? O que será que aconteceu?

De repente, a porta range e entra alguém. Ufa, é a Tomoko.

– Tomoko! - A comoção é geral.

– O que aconteceu? Que fantasia é essa? Não ia vir de quimono?

– Alguém me dá linha e agulha? Rasgou.

– O que aconteceu?

– Meus pais não iam deixar eu ir.

– Mas você não tinha contado para eles?

– Não. Eu sabia que não iam deixar. Então fiquei protelando pra contar.

– Você só contou hoje?!?!

– É.

O assombro é geral também.

– É a primeira vez que desobedeço eles. Eu tenho o direito de viver a minha vida. E eu trabalhei muito nesta fantasia.

– É estilo guerreira? O que é isso?

– Você não assistiu Mulan? É o traje de batalha dela.

– Oh! - A admiração é geral.

– É muito legal, como chama isso?

– Elmo.

– Demais, Tomoko.

– Mas por que você escolheu esse traje em vez de quimono?

– Acho que foi para lembrar que eu preciso ir à luta. Não posso ficar sempre quietinha, parada no canto, tímida, aceitando tudo o que os outros me mandam fazer. Eu sou uma princesa guerreira.

– Oh! – *Again.*

– Como rasgou o traje?

– Eu estava chorando, porque meus pais não me deixaram sair. Mas eu sou uma princesa guerreira, caralho! Porra! Então eu fiz uma corda com lençol e desci o muro. Pena que quando pulei pegou no ferro do portão.

Desta vez todos emitem interjeições variadas, mas não pelo que Tomoko fez. E sim pelo "Caralho! Porra!", porque ela nunca falava palavrão.

– Aqui está. - Valdisnei volta com linha e agulha.

Clara, sempre prestativa, se adianta para costurar.

– Não, Clara. Eu faço.

Todos estão felizes. Todos estão contentes. E, de alguma forma, essa metáfora chinfrim de garotos da periferia que vão para uma festa à fantasia vestidos de príncipes e princesas tinha modificado a vida de cada um deles. a vida de cada um deles. Era para ser uma comédia engraçadinha e provocar um riso de zombaria (zombaria. Gostei dessa) desenfreada, mas parece que não foi bem assim.

– Vamos tirar uma foto! Estamos todos muito bonitos! – Disse alguém. Todos, na verdade.

– Peça para o seu irmão tirar, Valdisnei.

– É. Spielvan! Pode tirar umas fotos da gente?

Surge um moreno bem alto e magro, mas muito magro mesmo.

– Ei, vocês estão muito bonitos! Que legal! – Como é que esse cara simpático pode ser irmão do JP? - Isso vai ser a foto do ano. Vamos. Faz pose aí. Monstro, fica no canto. Clara, dá um passo para trás. Isso, fecha mais. Prontos?

– Há... Spielvan?

– Sim?

– Sempre quis perguntar isso. O seu nome deve ser o mais louco da cidade. É uma junção entre Spielberg e Gilvan? Ou algo assim? - Brasileia pergunta. Agora ela andava sempre e, mais do que nunca, acordada.

– Não. É um nome próprio. É de um seriado de TV japonês.

– Jezuis. Seu pai, hein? - Olha para o Valdisnei.

– Agora, fiquem juntinhos. E digam "X"!

– Obrigado, Spielvan! - Todos disseram em uníssono, e juro que parecia que estava num daqueles programas de auditório, ou dentro do próprio seriado japonês, quando agradecem ao herói por ter salvado as suas vidas.

– Agora vamos tirar uma *selfie* - A ideia, obviamente, é do é do Monstro.

– Vamos! - nunca as vontades coincidiram tanto entre eles.

- Ééééééééééé!

O que o celular de baixa resolução registrou seria ser reproduzido com precisão. Não por causa da limitação tecnológica e, sim, porque nenhuma máquina poderia ser capaz de registrar a alegria, a felicidade e a vontade de viver. De fato, era a festa do ano. Era a festa do século, era a festa das suas vidas. De como dividiram problemas, angústias e dias miseráveis para sublimar em profundo laço de amizade, ajuda mútua e, porque não, um sorriso sincero, contagiante de um "eu te entendo"? Ah, vida simples! Por que não podemos viver com dignidade e com apenas o simples e o suficiente? Por que tanta opressão, ignorância, preconceito e ganância? Juro que comecei com pena, ironia e muito sarcasmo esta história, mas chego à conclusão de que somos todos miseráveis, insipientes e completamente idiotas diante da mesma sufocante e dura realidade. Se eu sinto compaixão pelos nossos heróis é porque nós sentimos compaixão por nós mesmos. E é por isso que eu vou caminhar lado a lado desse fantástico grupo de corações puros, fantasiado de... coração gigante. Aquele vermelho, grande, com bracinhos para simbolizar que esse grupo é de gente boa, batalhadores, corajosos e amáveis. Vamos juntos. Os príncipes e as princesas andam perpendiculares à rua em linha reta até a estação, chamando a atenção de todos. Alguns apontam os dedos e dão risadas. Mas nada parece abalar a autoconfiança e a felicidade de todos. Parece até aquela cena de filme de ação de Hollywood onde os heróis andam lado a lado em câmera lenta em *contra-plongée,* e o vento sopra, levantando os cabelos das heroínas. Que cena *cool.* Uma criança solta a mão da mãe e corre em direção ao grupo, e é logo acolhida. Eufórica, pede foto para a mãe que vem logo atrás. São algumas interrupções até a estação. É o dia de estrela dos nossos heróis. É hora de brilhar. É hora de sentir que estão vivos. É hora de perceber que a vida faz sentido e que é boa. É hora de vislumbrar um futuro em que poderão ser reis e rainhas. Animados, esperançosos e felizes, finalmente chegam à estação. Antes de subirem a rampa, ouve-se uma voz:

– Ei, vocês estão muito bonitos!

Todos procuram a origem da voz rouca. Logo descobrem um vendedor ambulante, sem pernas, em cima do skate.

– Senhor...

– Quero uma foto com vocês. Pode?

Todos ficam meio sem jeito de como enquadrar o vendedor. Resolvem todos abaixar.

– Obrigado! Ei, peguem os chicletes e balas. Vão até onde?

– Ferraz, senhor. – Responde Valdisnei em nome do grupo.

– Legal! Podem levar. Para a viagem ser mais divertida.

– Mas...

– Ei, não se preocupem com isso. Tenho bastante. E o que é a vida se não puder cometer algumas extravagâncias? Hehehe. Vamos, peguem!

– Mas, senhor... – desta vez é a Tomoko.

Monstro não faz cerimônia e enfia a mão na bancada e leva uma reprimenda geral dos amigos. Envergonhado, devolve um tanto. Leva mais uma reprimenda e devolve mais um pouco.

– Tudo bem. É meu presente.

– Viu? – Monstro volta a encher a mão e desta vez leva um tapa de Clara na mão. – Essa doeu...

– Estou lembrando do senhor. O senhor não tinha uma padaria, aquela grande na Avenida Treze de Maio? Padaria 13, não era?!?! – Pergunta a Sabrina, que costumava comprar leite lá.

– Sim, era minha.

– O que aconteceu? Era grande e bonita... – Sabrina pergunta ainda mais intrigada.

– Querida, a vida tem dessas coisas. Altos e baixos. Acontece.

– E as pernas...

– Sabe aquelas novelas mexicanas? Parece a minha vida. – Ri alto – Perdi a padaria, a minha mulher fugiu com meu melhor amigo, e com o que me restou, e fui atropelado. Vê se pode. Virar sketista aos 49! – E ri mais alto ainda.

– Como o senhor se chama? Como consegue rir dessas coisas?

– Me chamo Godoy. O que mais posso fazer, querida? Chorar não vai me trazer de volta a padaria, minhas pernas e minha mulher. E essa última não quero mesmo de volta. Nunca! – Ri de novo.

Todos ficam impressionados.

– E mais. Aproveitem a vida. É a única coisa que vocês podem levar. Lembrem-se desse dia e divirtam-se o máximo que puderem. Ver vocês sorridentes, felizes e amigos me deixa muito feliz. Estou feliz. Obrigado por me fazerem feliz.

Tomoko cutuca o Valdisnei, que, entendendo, tira algumas notas do bolso.

— Senhor, pelos chicletes e balas.

— Ei, eu disse que são presentes. Assim vocês vão me deixar zangado. O que é isso? Me deixam feliz e depois me deixam triste? Não, não pode. — Continua sorridente.

— Obrigado. - É quase uníssono, menos o Monstro, que está ocupado mastigando chiclete e olhando para as mulheres que descem a rampa de acesso.

— Sabem de uma coisa? Não é otimismo. Eu realmente acredito. Eu tenho uma frase: "Tudo vai dar certo. Sempre vai dar certo". Agora vão. Vocês vão se atrasar. Têm um encontro com a felicidade. E a alegria. Divirtam-se!

— Obrigado! - Tomoko chuta a bunda do Monstro, fazendo o rapaz se mancar e começar a andar.

— Ah, e não se esqueçam. Tudo vai dar certo! — Godoy grita ao longe.

'Tudo vai dar certo!" A voz rouca ecoa pela rampa, pela estação e recebe a aprovação do apito do trem que se aproxima. É, meus amigos, chegamos também à nossa estação final. Assim acaba a nossa história. Os nossos príncipes e princesas entram no vagão. Sorridentes, todos com sorrisos que não cabem em seus rostos, adentram triunfantes no vagão com uma dúzia de passageiros. Alguns olham e sorriem, outros dão risadas de escárnio, apontando o dedo. Principalmente para Clara, que, a essa altura do campeonato, desde que vestiu a fantasia, não tá mais nem aí para as críticas e risadinhas maldosas. Ela está feliz, e é isso que importa. É isso aí. Acabou. A história termina assim. Indo para a festa, felizes e contentes. No caminho, na escada para o paraíso, na ascensão ao Céu. Assim me despeço... Aí! O quê? O que é que você me jogou? Tá, louco? Que violência é essa? Ah, você não jogou nada. Mas me acertou, caralho! Porra! É efeito psíquico, meu. Não gostou que eu terminei a história assim? Tá, tá. Vou até a festa. Que saco. Estava brincando. Você achou mesmo que eu ia terminar por aqui? Vamos até a festa. Eu, hein? O trem sacoleja. Aracaré, Calmon Viana. Transportando o bravo povo brasileiro que vai e volta, entra e sai, no trajeto entre alegrias e tristezas, andando no trilho da esperança, sonhando com um dia melhor. Viva o povo brasileiro! Vamos até a festa. Vamos até o apoteótico e deslumbrante espetáculo de fogos de artifício que será esta noite. Vamos à vida. Vamos a uma noite que valerá a vida inteira. Vamos a uma noite em que, de desafortunados à récem-alçada realeza, vão se lembrar até o fim das suas vidas. Vamos a uma noite que, apesar de todas as tristezas, deficiências e sofrimentos, marcará para sempre com o seu otimismo e esperança sem fim. Tudo, tudo, vai dar certo.

A HORA DA ESTRELA

Quem canta seus males espanta? Quem canta espalha alegrias também. Não se sabe como começou, mas a turma mais alegre do planeta de hoje segue cantando e emendando uma música na outra em contagiante êxtase. Só que não. Tudo parece muito bem, feliz, mas por que temos essa estranha sensação de gosto amargo na boca? Por que sabemos que é uma grande ilusão? Mas a própria vida não é uma grande ilusão? A vida não é um hedonismo em conta-gotas, prescrição, posologia de intervalo de horas definidas? Nesse instante em que sou observador como você, por que o que acontece ao nosso redor adquire uma outra conotação? Será que para Deus as nossas vidas não passam de um grande e entediante show de calouros? Este último capítulo não é para os nossos personagens transcenderem? Não é para encontrarem no clímax da alegria o sentido redentor que ilumine as nossas vidas? Ah, ilusão das músicas alegres que escondem a verdade sobre as suas origens. Sempre cantaremos músicas alegres ou tristes em terceira pessoa, distantes dos verdadeiros sentimentos, como a vida que passa ao longe, protegidos pela distância e pelo mundo, pela dimensão dos sons e pelo outro universo que nesse instante não nos pertencem, embora reproduzissem a exata realidade que vivemos? Viveremos para sempre no outro universo, muitas vezes em fuga involuntária, no mundo da fantasia e do faz de conta, mesmo estando de corpo presente neste? Nunca vamos pertencer ao mesmo tempo, no mesmo ritmo, na mesma melodia em que as músicas das nossas vidas são tocadas e cantadas?

"Ele queria era falar com o presidente
Pra ajudar toda essa gente que só faz sofrer!"

Deixemos, caros amigos. Hoje é dia de festa. E do esque-
cimento e das dificuldades vêm as nossas alegrias que mal sabemos diferenciar se são reais ou artificiais. O trem vai parar
por problemas técnicos, as meninas vão ter que se retocar no
banheiro da estação, o motorista da lotação vai enrolar para
sair e no trajeto vai sacolejar e dirigir que nem louco até chegar
ao antro e ao palácio do excesso que não nos leva à sabedoria
alguma.

Estamos todos parados diante do salão, perplexos entre um
sentimento de contentamento, deslumbre e excitação, que, ao
amanhecer, vai se dissipar como uma densa névoa que desco-
nhece o início e o fim. Então, vamos de mãos dadas. Como
quem caminha pela ponte invisível entre dois abismos, como
quem pode voar apesar dos grilhões de culpa, ressentimento
e infinita pena de nós mesmos, como quem pode atravessar o
vale da morte com coragem para não olhar para trás. Vamos
com as nossas pernas quebradas, sonhos partidos e vidas es-
magadas e retalhadas. Vamos com os rostos ensanguentados,
vestes arrancadas, desprovidos de todos os bens materiais. Vamos de mãos dadas, irmãos de miséria, príncipes e princesas
sem coroa e cetro. O poder vem da gentileza, equilíbrio e a
vontade única e última de arder em chamas. Estamos juntos
e vamos juntos. Vamos de esperança e de amor, que farão todos se curvarem. Vamos entrar pelo salão como se o mundo
fosse nosso, este mundo injustiçado, sujo e estéril. Aperte a
minha mão para saber que estamos juntos. Olhe para mim e
sorria, como se entendesse tudo o que se passa e acontece com
a gente. Aguente firme. Não caia. Não desista. O que deixare-
mos para os que vêm depois? Dê o primeiro passo e ande sem
medo. Em linha, reto, lado a lado, todos juntos. Não sei qual

é o peso da luz. Mas vamos lutar todos juntos contra a morte da luz. Vamos todos juntos lutar contra a morte da luz. Vamos lutar contra a morte da luz.

Entram todos no salão, sorridentes, triunfantes. E o aparelho do Monstro que encontra o reflexo do globo de espelho, em meio às proteções de borracha verde, brilha. Brilha infinitamente.

Quase fim. Quem sou eu? Eu sou a sua consciência.

Fim.

AGRADECIMENTOS FESTIVOS

À Elizabeth Cristina por me fornecer a localização insana da festa (Rua Walt Disney existe!), para que eu pudesse mudar depois de ter escrito o livro, professora Inês Borges, Mädchen Vivi e um outro especial ao casal Keyser e Aritana.

Keyser disse:

– Quando tivermos um filho, vai se chamar Arieyser. Mas ainda tenho a esperança de que, se for menina, seja Keytana.

K